·青鸟文库·

蟹工船

蟹工船

(日)小林多喜二 著 林少华 译

蟹工船

蟹工船

(日)小林多喜二 著
林少华 译

青岛出版社

图书在版编目(CIP)数据

蟹工船/(日)小林多喜二著;林少华译.—青岛:青岛出版社,2017.8
(青鸟文库)
ISBN 978-7-5552-5721-9

Ⅰ.①蟹… Ⅱ.①小…②林… Ⅲ.①长篇小说-日本-现代 Ⅳ.① I313.45

中国版本图书馆 CIP 数据核字(2017)第 163758 号

书　　名	蟹工船(青鸟文库)
著　　者	(日)小林多喜二
译　　者	林少华
出版发行	青岛出版社
社　　址	青岛市海尔路 182 号(266061)
本社网址	http://www.qdpub.com
邮购电话	13335059110　0532-68068026
策划编辑	杨成舜
责任编辑	霍芳芳
封面设计	毛　增
照　　排	青岛双星华信印刷有限公司
印　　刷	青岛双星华信印刷有限公司
出版日期	2017 年 9 月第 1 版　2018 年 5 月第 2 次印刷
开　　本	32 开(710mm×1000mm)
印　　张	8.75
字　　数	110 千
印　　数	4001-8000
书　　号	ISBN 978-7-5552-5721-9
定　　价	20.00 元

编校印装质量、盗版监督服务电话　4006532017　0532-68068638
本书建议陈列类别:日本 / 文学 / 畅销

并未消失的"蟹工船"(译序)

如今读《挪威的森林》等村上春树作品的中国年轻人,想必不会有多少人记得小林多喜二、记得他的《蟹工船》了。别说年轻人,即使对我这个早已不年轻的"老林",小林和他的《蟹工船》也早已消失在记忆的深处。也是因为这个原因,当出版社要我翻译《蟹工船》的时候,惊愕之余,我一口回绝——回绝得甚至有些气急败坏——眼下都什么年代了,还翻译出版《蟹工船》?

实际翻译起来,我也深切感到,无论故事情境还是语言风格,村上春树和小林多喜二之间横亘着何等辽远的开阔地带,不啻于从东亚到南极。这里再没有酒吧窗外"以淋湿地表为唯一目的"的霏霏细雨,没有夜幕下从"列车窗口望见远处农舍的小小灯火",没有"如同夏日傍晚树丛间泻下的最后

一缕夕晖"般的男士微笑,没有"如同做牙刷广告一样迎着粲然而笑"的女孩们,更没有玛莎拉蒂、"甲壳虫"、阿玛尼和星巴克——没有那些"高度发达的资本主义"(村上语)或后现代的劳什子及其酿造的所谓"小资"情调。那么,这里有什么呢?有作为能够移动的蟹肉罐头加工厂的"蟹工船",有浪头"活像饥肠辘辘的狮子猛扑过来"的勘察加海,有穷凶极恶的监工和被其任意凌辱打骂的劳工们:

杂工被监工剥得只剩一件衬衣,塞进两个厕所中的一个,从外面上了锁。最初大家都不愿意上厕所,邻厕里的哭叫声实在让人听不下去。第二天声音嘶哑了,"唏唏"抽泣。后来呻吟声开始时断时续。一个干完活的渔工放心不下,马上走去厕所那里,但里边已不再有敲门声传出了。从外面招呼也无反应。那天晚些时候,宫田被抬了出来。他一只手搭在厕所蹲坑盖板,头扎进手纸篓,整个人趴在地上。嘴唇像涂了蓝墨水一样发青,已经奄奄一息了。

这就是"蟹工船"上的场景。而"蟹工船"以外的陆地上的场景也同是人间地狱。例如修公路和铺铁路工地上被虐待致死的劳工"比虱子还多"：

有的因不堪虐待而逃跑。抓住后，将人绑在木桩上让马用后蹄踢或在后院里让土佐犬（狼狗）咬死。而且是在大家眼皮底下干的……晕过去就泼水激活，如此反复不止。最后由土佐犬强有力的脖子像甩包袱一样甩死。软塌塌扔在广场一角不理不睬之后，身体仍有某个部分一下下抽搐。至于用火筷子突然烙屁股或用六棱棍打得直不起腰来，那更是"日常性"的。

这种骇人听闻的场景并非纯属虚构，而大体实际发生在上个世纪二十年代的日本，发生在处于资本原始积累时期的日本北海道。作为相关典型事件，一九二六年四月二十六日"秩父号"蟹工船因遭遇海上风暴即将沉没，而收到求救信号的"英航号"

蟹工船却未前往施救，致使船上二百五十四人中有一百六十一人遇难。同年九月，媒体披露蟹工船"博爱号""英航号"劳工的悲惨遭遇。于是，在银行工作的小林多喜二从翌年三月开始就此调查，一九二八年十月着手创作《蟹工船》。一九二九年三月脱稿后在无产阶级文学杂志《战旗》上连载，不久被当局禁止发行，直到日本战败都是"国禁书"。

毫无疑问，《蟹工船》不仅是小林多喜二本人的代表作，而且是代表日本以至整个亚洲无产阶级文学最高水准的杰出作品。日本著名无产阶级文学评论家藏原惟人认为《蟹工船》是"无产阶级文艺划时代的作品"。在中国，鲁迅主编的《文艺研究》评价说："日本普罗列塔利亚文学迄今最大的收获，谁都承认是这部小林多喜二的《蟹工船》。"夏衍也称赞"《蟹工船》是一部普罗列塔利亚文学的杰作"，他的《包身工》的创作显然受其影响。可以认为，《蟹工船》所以取得这样的成功，主要在于它的主题或思想性——它脱胎于"蟹工船"，但不止于对"蟹

工船"特殊劳动形态的平面描述,而将其犀利的笔锋伸到蟹工船背后复杂的社会结构以至国际关系之中。以更广阔的视野、更超拔的思想高度、更敏锐的政治洞察力和大无畏的勇气发掘了具有普遍性的阶级元素和资本主义社会的实质。作品"深刻地剖析了带有浓厚封建性的日本资本主义的剥削关系,科学地揭示了帝国主义阶段资本主义的实质,同时无情地揭露了日本帝国主义发动侵略战争的总根源,从而把蟹工船上的渔工们为改善劳动条件和生活待遇的经济斗争,引向反对天皇制的政治斗争。"(叶渭渠语)

自不待言,作为一部文学作品,仅有思想性是不够的,还必须兼具艺术性。换言之,《蟹工船》的成功,除了深刻的主题,还有赖于其出色的文体或语言风格。坦率地说,最初我所以拒绝翻译,也是出于我的成见——认为无产阶级作品往往政治观点先行,文体或语言相对粗糙。而着手翻译过不久,我便开始为自己的偏颇感到羞愧。小林其实是极具文学天赋的作家。《蟹工船》的语言极有特色,鲜

活生动，可感可触，极富艺术感染力。时而如石锅蹦豆，简洁明快，时而如响鼓重槌，声震屋瓦。尤其比喻修辞，信手拈来，而自出机杼。大量拟声拟态词的运用，又使文体充满了生机和动感。记得去年初秋偶尔同以《在世界中心呼唤爱》而声名鹊起的片山恭一谈起小林多喜二，他说小林多喜二所以"活到今天"，一个重要原因是他的文体好。同行之见，良有以也。

这里还要提及的是《蟹工船》后来的命运。由于我国社会情况出现了人所共知的巨大变化，它在中国大体偃旗息鼓。但在日本忽然卷土重来。二〇〇八至二〇〇九两年间，《蟹工船·为党生活者》在日本列岛行销近一百万册之多（若从初版算起，总销量逼近二百万册）。读者大多是被称之为"迷失的一代"（Lost Generation）的二三十岁年轻男女。究其原因，从根本上说，在于"格差社会"（贫富相差出格的社会）的出现。导致"格差社会"出现的直接起因是日本经济长期低迷和"新自由主义"就业政策造成的就业形势的急转直下。"日经

连"（日本经营者团体联盟）积极倡导"柔软型雇佣制"——以无晋升希望的临时工为主的非正规雇佣制，使得以"终身雇佣"和"论资排辈升迁制"为特点的传统雇佣制逐渐崩溃。据统计，非正规劳动者一九八四年约为15%，二〇〇七年升至35.5%。这部分人劳动强度大而收入低，加之没有职业安全感和未被纳入相应社会保障体系，他们不得不过着"穷忙族"生活，有的甚至沦为夜宿网吧的"网吧难民"。不妨说，如此状态的"格差社会"同"蟹工船"世界并无实质性差别。

关于这点，日本文艺批评家、菲丽丝女学院大学教授岛村辉一针见血地指出："较之当时，日本今天的国际关系和产业形态表面上似乎发生了很大变化，但当时造成蟹工船那种状况出现的世界性资本主义并没有从根本上脱胎换骨，而以更大的规模覆盖着当今世界，并将它带来的种种矛盾和不幸巧妙遮掩起来。当代劳动者们以不同于'蟹工船'的意义处在'生死关头'，有不少人被迫自杀或得了抑郁症。《蟹工船》促使他们逼视和反抗这一现状

并认识到这样做的重要性——在这一点上，应该说，这部作品不仅没有完全失去生命力，其深刻的洞察力在今天反而获得了评价机缘。"

日本著名学者、社会活动家、东京大学教授小森阳一也在为漫画版《蟹工船》中译本写的推荐语中指出："不尊重劳动者做人的尊严，当他们的利用价值被耗尽之后便弃若散屣。这就是当前在世界范围内蔓延的新自由主义全球化的本质特征。中国的青年人，也一定能认识到这样的现实。"

无独有偶，村上春树也曾在《边境·近境》中这样写道："我无论如何也无法从我们至今仍在许多社会层面正作为无名消耗品被和平地悄然抹杀这一疑问中彻底挣脱出来。我们相信自己作为人的基本权利在日本这个和平的'民主国家'得到了保证。但果真如此吗？剥去一层表皮，其中一脉相承呼吸和跳动着的不仍是和过去相同的那个封闭的国家组织及其理念吗？"后来在同河合隼雄对谈时村上再次强调："现在的日本社会，尽管战争结束后进行了各种各样的重建，但本质上没有任何改变。"

在这个意义上，"蟹工船"并未消失，它仍在航行。村上春树笔下的世界同小林多喜二作品中的场景也并不像从东亚到南极那般辽远——村上春树描写的不过是"高度发达的资本主义"阶段的"蟹工船"罢了。换言之，事物的发展采取了另一形态。村上春树也好岛村辉和小森阳一也好，尽管职业不同、风格不同，但他们都是那一形态的跟踪者和批评者。跟踪，并不断提出忠告和警告。相反，曾被小林多喜二满怀深情地视为"走同一条道路的中国同志"的我们，其中一部分人却有可能失去了那种可贵的警醒和跟踪批评的能力。

《为党生活者》(为《党生活的人》或译《为党献身的人》。这里姑且移用原文)创作于一九三二年八月，距小林多喜二牺牲的一九三三年二月相距仅半年左右时间。前面提到的日共出身的文艺评论家藏原惟人认为"这不仅是他晚年的力作，而且是展示当时无产阶级文学的最高水准的作品。这部作品具体描写了处于非法状态下的共产党员小心翼翼的艰难生活和活动，在日本文学史上第一次成功地

塑造了共产主义人物形象并因此受到瞩目。"

小林多喜二于一九三一年秋加入日本共产党，最初主要从事文化运动的指导。翌年春由于当局大规模镇压而同宫本显治等人转入地下活动。小说中的主人公"我"大体反映了作者自身的经历和体验。

虽然时隔八十多年了，但在翻译过程中，有的地方还是让我产生了同感。例如关于母亲和母亲的煮鸡蛋的描写。

故事舞台是九一八事变后的东京。作为日共党员的主人公"我"在白色恐怖中投入反战反政府斗争。为躲避警察追捕，"我"不得不离开年老的母亲，甚至见面都不可能。于是母亲煮了鸡蛋托人捎给"我"。最后经战友一再劝说，"我"终于决定去一家小餐馆同母亲见面。

母亲坐在桌子对面，离开桌边一点儿孤单单地坐着，神情郁悒。一看，母亲穿着出门时穿的最好的衣服。这让我心里有些难过。

我们没怎么说话。母亲从桌下拿起包袱，取出

香蕉、枇杷，还有"煮鸡蛋"。

过了一会儿，母亲一点点讲了起来："脸好像比在家时多少胖了，我就放心了。"母亲说她近来差不多每天都梦见我又瘦又老，被警察逮住打骂（母亲把拷打说成打骂），睡不好觉。

母亲。"煮鸡蛋"。看到这里，我不由得放下笔，抬起头，叹一口气，一时浮想联翩。

四十年了，时间差不多过去了四十年。一九七五年冬天，我从吉林大学毕业，要去数千里外的广东广州一个单位报到。记得是十二月下旬一个刮风下雪的日子，哈气成霜，滴水成冰。母亲和弟妹们把我送去一两里外的小火车站。雪掩埋了西山坡下的羊肠小道。时间还早，没人走过。我们深一脚浅一脚正一脚歪一脚踩着雪往前走。风雪不时打着旋儿掠过山间白茫茫的沟壑和平地，扑向对面东山坡的枯草尖和柞树梢。我离家的小站叫"上家站"。没有铁栅栏，没有检票口。绿皮车由远而近，"哞"一声从东山脚滑进车站。母亲早哭了。在车厢门

前，她把一路搂在怀中的一袋二十个煮鸡蛋塞给我。望着刚过四十岁的母亲那花白的头发、脸上的皱纹、哭红的眼睛、细瘦的脖颈和薄薄的棉袄下支起的瘦削的肩，我一直强忍的泪水一下子涌了出来："妈，我走了，你回去吧！明年夏天、明年夏天回来看你……"

我赶紧上车，哈气擦开车厢玻璃上的霜往外看。车轮开始转动。母亲和弟妹们没有回去，仍往车上看着、张望着、寻找着……

我就那样带着二十个煮鸡蛋离开了家，离开了母亲。一个半小时后到了省城长春，由长春坐十七个小时"硬座车"到北京，转车再坐三十一个小时赶往终点广州。带有母亲体温的煮鸡蛋一路陪伴着我，温暖着我。我没去餐车，没买盒饭，没买零食。见别人吃什么了，我就小心摸出两个煮鸡蛋，轻轻一磕，悄悄剥壳，放进嘴里咬开稍小的一端。一种香透肺腑的香！蛋黄金灿灿的，像一轮小太阳。蛋白嫩嫩的白白的颤颤的，让人不忍下咽。七十年代，艰苦岁月。鸡蛋是乡下家里仅有的奢侈品。院

子里跑的就那么五六只鸡，鸡喂的是谷糠，生不出多少蛋。记忆中，除了"坐月子"，母亲自己平时舍不得吃鸡蛋，从没见过母亲把煮鸡蛋放进自己嘴里……

或许多余，但我还是想就作者专门介绍几句。小林多喜二，一九〇三年十月生于日本秋田县一户贫苦农家，后随父母迁居北海道小樽市。在小樽商业学校和小樽商业高等学校（现小樽商科大学）就读期间开始文学创作。一九二四年毕业后进入北海道拓殖银行工作。在此期间创作了《防雪林》《一九二八年三月二十五日》《蟹工船》《在外地主》等无产阶级代表作。一九二九年十一月因创作《在外地主》被拓殖银行解雇。其后移居东京，连续发表《工厂支部》及其续篇《组织者》《单身牢房》《地区的人们》《为党生活者》等作品。一九三三年二月二十日由于叛徒出卖被特高警察逮捕后拷打致死。牺牲时不满三十岁。鲁迅为此发去唁电："日本和中国人民是弟兄，资产阶级用血在我们之间划

了界线，而且现在还在划着。但是无产阶级和它的先锋队却用血洗去这种界线。小林多喜二的死，就是最好的证据。我们知道，我们不会忘记，我们将坚决踏着小林同志的血迹，携手前进！"

小林多喜二是日本共产党的党员，而且是在"九一八"事变后日共处于"非法"状态时毅然加入的，并为此贡献了自己的全部文学才华，直至献出年轻的生命。从《蟹工船》和《为党生活者》中可以看出，他对社会底层的贫苦人民怀有发自内心的同情，对资本家和资本主义、帝国主义的本质具有清醒的认识和强烈的憎恶。更为可贵的是，他为推翻那种不公正的社会而不惜放弃待遇优厚的银行工作，全然不顾个人得失和生命安危。这样的人、这样的人格的确值得我们敬重和怀念。正如鲁迅所说，"我们不会忘记"。今年是他诞生一百一十二年、牺牲八十二年之年。同时也是世界反法西斯战争、中国人民抗日战争胜利七十周年。重新翻译出版《蟹工船》和《为党生活者》，对于终生反战、反对日本军国主义的他无疑是最好的纪念。也可以使我们

重新意识到曾经的苦难、曾经的激情、曾经的无产者身份，确认革命的理由及其艰难过程。这点即使在今天也不失其特殊意义。

最后说一下译本。《蟹工船》最初的中译本出自潘念之译笔，一九三〇年由上海大江书铺印行，收有小林多喜二专门为中文版写的序言。其后有一九五五年作家出版社楼适夷译本（一九六二年上海人民美术出版社据此改编出版同名连环画），有一九七三年人民文学出版社叶渭渠译本（二〇〇九年译林出版社重印），有二〇〇九年人民文学出版社应杰、秦刚译本（含漫画版）。如果说拙译多少趋于精确和有自己的风格，那么应首先归功于以上译本的存在。在文化上，理应对先行者保持相应的敬意。

林少华
二〇一五年元月三十一日定稿于窥海斋
时青岛旭日临窗冰雪消融

目录

并未消失的"蟹工船"（译序）/ 001

蟹工船 / 001

为党生活者 / 133

路工藏

一

"喂，下地狱喽！"

两人靠着甲板栏杆，眼望如蜗牛伸背一样拥揽大海的函馆市区。渔工连同唾液扔掉一直吸到指尖的烟头。烟头调皮地翻着筋斗，擦着高高的船舷掉了下去。他一身酒气。

轮船有的整个浮起大红肚子，有的似乎正忙着装货，朝一侧倾斜得很厉害，样子就好像被人从海中猛拉一只袖口。加上黄色的大烟囱、仿佛巨大铃铛的浮标、如臭虫一般在船与船之间匆忙穿梭的汽艇、冷冷轰鸣不已的油烟，以及漂浮着面包屑和烂果皮的宛如特殊纺织品的波浪……由于风的关系，烟紧贴波浪横飘过来，送来呛人的煤味儿。绞车的"嘎嘎"声不时掠过波浪真切地传来耳畔。

就在这博光号蟹工船跟前，一艘油漆剥落的帆

船从俨然牛鼻孔的船头那里抛下锚来。甲板上两名叼着大烟斗的外国人像机器人一样在同一地方踱来踱去。看样子是俄国船，分明是在监视日本的"蟹工船"。

"老子一分钱也没有了，妈的。嗬！"

说着，他凑过身子，抓住另一个渔工的手，按在自己腰间短褂下面的灯芯绒裤袋上，里面好像有个小盒子。

"嘿嘿嘿……"一人默默看着渔工笑道，"花牌！"①

前甲板上，将军模样的船长迈着四方步吸烟。喷出的烟从鼻端来了个急转弯四下飘散开去。前舱那里，拖着木底草鞋、手提饭桶的水手急匆匆出来进去——一切准备就绪，只等起航了。

从上面窥看杂工们所在的舱口，只见幽暗的船底床铺上，杂工们就像不时从巢里闪出脑袋的小鸟一样打打闹闹。他们全都是十四五岁的少年。

---

① 花牌：日本一种纸牌，多绘有时令花草。48张。

"你是哪里的？"

"××町。"

全是函馆贫民窟的孩子，无一例外。仅这点就使他们凑在了一起。

"那边的铺呢？"

"南部。"

"这边呢？"

"秋田。"

每张铺都不一样。

"秋田哪里？"

"北秋田。"一个拖着脓状鼻涕、眼皮烂得像翻开似的男孩应道。

"种地的？"

"是的。"

空气直呛鼻子，一股什么水果腐烂的酸臭味儿。加上放有几十坛咸菜的房间就在隔壁，屎臭般的气味也掺在其中。

"再睡觉时爷儿们我抱你睡！"渔工哈哈笑道。

若明若暗的角落那边，一个身穿短裤和扎腿

裤、包袱皮在头上扎成三角形的女工模样的母亲正削苹果皮给趴在床铺上的孩子吃，一边看孩子吃一边把一圈圈削掉的苹果皮放进自己嘴里。还说着什么，一会儿把孩子身旁的小包袱一次次解开，又一次次包好。这样的母亲有七八个。谁也不来送的内地孩子们时不时向那边偷看似的看一眼。

一个头发和身上满是水泥灰的女人从糖盒里取出糖球，给旁边的孩子各分了两粒：

"跟我家的健吉一块儿好好干活，好吗？"她的手很大，像树根一样粗糙难看。

其他母亲，有的给孩子擤鼻涕，有的用手巾给孩子擦脸，有的含含糊糊说着什么。

"你家的孩子，身体可真够结实的了！"一个同是母亲的人说。

"嗯，还凑合。"

"俺家的，可就单薄多了，心想怎么是好呢，到底……"

"啊，谁家都差不多，是吧？"

两个渔工从舱口探出脸，舒了口气。两人忽然

一言不发，从杂工住的舱穴闷头返回靠近船头些的梯子形的自己的"窝"。每次起锚抛锚，大家都像被扔进混凝土搅拌机里似的上蹿下跳，互相碰撞。

昏暗中，渔工像猪一样横躺竖卧。实际上也有一股和猪圈没什么两样的臭味儿，几乎马上让人作呕。

"臭，好臭！"

"当然臭，是咱们臭！都腐烂得差不多了，还能不臭！"

一个脑袋如红色石臼的渔工把一升装酒瓶里的酒倒进豁口碗里，大口小口嚼着鱿鱼干喝着。有人一下子仰面倒在他旁边，吃着苹果看封面破得不成样子的故事杂志。

四人正围坐一圈喝着，一个还没喝够的人挤了进来。

"……哎呀呀，出海四个月！心想再干不成这个了，就……"说着，大块头壮汉不时习惯性舔舔下唇，眯细眼睛。"瞧，钱包成这样了。"

他把瘪成柿子饼的钱包举得和眼睛一般高，晃

了晃。

"那个小娘儿们，别看身子那么小，可真有两下子！"

"喂，算了，算了！"

"妙，妙，接着说！"对方嘿嘿笑个不停。

"看，快看，真有他的！是吧？"另一个人把醉眼盯在正对面的铺位下面，用下巴一指："喏！"

渔工正把钱交到老婆手里。

"看、看呀，快看！"

两人把皱皱巴巴的纸币和硬币摆在小箱子上数了起来。男的不断舔着铅笔往小本子上写什么。

"看啊，喏！"

"我也是有老婆孩子的！"谈起小娘儿们的渔工突然气恼似的说。

"本想再不上船来着，"稍离开些的床铺那里，一个喝得隔夜醉的脸色发青浮肿留着额前长发的年轻渔工大声说道，"可给中间商拉得团团转，身上分文不剩！又得豁出命来干些日子了！"

一个背朝这边的看样子同一地方来的汉子对他

悄悄嘀咕什么。

舱口现出一双罗圈腿，一个身背"呼噜噜"作响的老式大布袋的汉子爬下梯子，站在舱板四下打量。发现有空位，就爬上铺来。

"你好！"说着，朝旁边的人低头致意。他脸上好像给什么染过，油光光黑乎乎的。"让我做个伴吧。"

后来得知，此人上船前在夕张煤矿做了七年矿工。上次瓦斯爆炸，差点儿丧命——那以前也有过几次——他忽然怕了，从矿山下来。爆炸时他在同一坑道内推矿车来着。矿车装满了煤，正当他推给下一个人时，觉得有一百只镁光灯刹那间在自己眼前闪亮。相隔不到五百分之一秒，自己的身体就像纸片一样飞去哪里。在瓦斯的压力下，眼前几辆矿车一下子飞走了，飞得比空火柴盒还轻。再往下就人事不省了。不知过了多长时间，由于自己的呻吟声睁开眼睛。监工和矿工们正在坑道里筑墙，以免爆炸殃及别处。那时，他"清楚"听得墙后传来如果救还能得救的矿工的求救声——那是只要听了一

次就绝不会忘记的撕心裂肺般的叫声。他马上站起，发疯似的跳进人群喊道：

"不行，不行！"（上次自己也筑过那种墙，当时倒觉得无所谓……）

"混账！火烧过来还得了！"

可是，叫声岂不越来越弱？他不知想到什么，挥着手，叫着喊着不管不顾在坑道里跑了起来。好几次险些扑倒，额头好几次撞在支木上，浑身血肉模糊。途中被矿车枕木绊倒，被抛起似的摔在钢轨上，再次失去知觉。

听他这么说完的年轻渔工说道：

"啊，这里也没大区别……"

他用矿工特有的似乎怕见亮光的浑黄眼珠盯住渔工头顶，沉默不语。

从秋田、青森、岩手来的"农民渔工"，有的大大盘着腿，双手斜插在大腿间发呆，有的抱膝靠柱坐着，怔怔看大家喝酒，有的出神地听大家闲聊——全都是天还没亮就到田里干活却仍填不饱肚子而背井离乡的人。他们不得不留下长子一人——

还是饥肠辘辘——老婆当工厂女工，二男三男都去哪里打工。多余的人就像热锅蹦豆接二连三跑出家门，流入城市。人人都想"剩钱"回老家。可是，出海干活回来，一旦上岸，他们就像踩上黏胶的鸟一样在函馆和小樽寻欢作乐。这样一来，就变得赤条条跟"出生时"一模一样被撵了出来。没办法回老家。为了在人地两生的雪乡北海道"过年"，只好以擤鼻涕般的价钱"出卖"自己的身体——哪怕重复次数再多，他们也还是像没教养的孩子似的，第二年再次满不在乎（？）干同样的勾当。

背着糕点箱子在码头做小买卖的女人、卖药的和卖日用品的商贩上船来了，在床铺正中间隔出的如同孤岛的地方摊开各自的货物。大伙从四周上下床探出身子或闲问价或开玩笑。

"点心够味儿吧？嗯，阿姐？"

"啊，痒死了！"女商贩怪叫一声跳起身来，"摸人家屁股，讨厌，这个家伙！"

鼓鼓囊囊满嘴塞着糕点的汉子见大伙的视线集中在自己身上，有些不好意思，嘿嘿笑道：

"这个阿姐，蛮可爱嘛！"

一个醉汉单手扶着墙壁，踉踉跄跄从厕所走了回来，路过这里时捅了一把女贩黑红色胖鼓鼓的脸蛋。

"干什么？"

"别发火呀，抱你睡一觉怎么样？"说着，朝女贩做个鬼脸。大伙笑了起来。

"喂，包子、包子！"很远的角落那边有人大喊大叫。

"来啦……"女子以在这种地方难得听见的清脆语声应道，"要几个？"

"几个？有两个不成怪物了？包子，我要包子！"

四下响起笑声。

"上次，竹田那个家伙把那个女贩生拉硬扯到一个谁也没有的地方去了。可你说好玩吧，什么招数都不顶用……"年轻的醉汉说，"穿着男人穿的裤衩呢！竹田使出浑身力气一下子拉掉，不料下面还穿一条——穿了三条……"醉汉缩起脖子笑出

声来。

醉汉冬季在胶鞋厂做工。到春天没活儿，就来堪察加打工。哪个都是"季节工"（北海道的工差不多都是这样）。一旦加夜班，就死活加个没完。"再能活三年都谢天谢地！"他说。肤色全然没有活人气，浑似粗橡胶。

渔工里边，有的曾被卖给北海道偏僻的垦荒区和铺铁路的土方段做"包身工"，有的是到处找食吃的"流浪汉"，还有的只顾喝酒，有了酒什么都无所谓。其中也有由青森一带老实厚道的村长推荐来的"一无所知""木头疙瘩一样"的实心眼庄稼汉。而把这些七零八落的人拢在一起，对于雇主来说可谓正中下怀。（函馆的工会组织拼命向开往勘察加的蟹工船派人组织工会，同青森、秋田等地的工会也联系了——雇主最怕的就是这个）

侍役身穿浆洗过的雪白短衫，端着啤酒、水果、洋酒杯，紧张地出入船尾酒吧。酒吧里有公司的头面人物、船长、监工，还有在勘察加负责警备的驱逐舰长官、水上警察署长、海员工会"挟皮包的"。

"畜生，没见过这么能灌酒的！"侍役满肚子怨气。

渔工的"洞穴"里亮起刺玫瑰果般的小灯泡。吐出的烟加上人呼出的气，使得空气又浑又臭，整个"洞穴"简直同"粪坑"无异。在隔开的铺位翻来覆去的渔工看上去犹如粪蛆蠢蠢蠕动。渔业监工领着船长、工厂代表、杂工长从舱口下来。船长很在乎尖头翘起的胡须，始终用手帕抚着上唇。通道上扔着苹果皮、香蕉皮、湿漉漉的高筒雨靴、拖鞋、粘有饭粒的饭卷纸等等，活像流不动的脏水沟。监工冷冷扫了一眼，放肆地吐了口唾液。看来哪一个都像刚刚喝完，红头涨脸。

"我说一句。"监工长得像土方工地工头一样壮实，他把一只脚踩在铺位隔板那里，用牙签在嘴里剔来剔去，不时把牙缝塞的东西"噗"一声吐出。他开口道：

"我想知道的人也是有的。不用说，这蟹工船事业，不应仅仅视为一家公司的赚钱生意，而是国际上一个大问题，是事关我们——我们日本帝国人

民伟大还是老毛子伟大的一决雌雄的战斗！假如、假如——尽管那种事是绝不可能有的——我们输了，那就意味胯下有一长物的日本男儿只能剖腹跳入勘察加海中。虽说身体矮小，但也绝不能败在呆头呆脑的老毛子手下。

"而且，我们勘察加渔业不仅生产蟹肉罐头，鲑鱼和鳟鱼也在国际上保有其他国家望尘莫及的优势地位。同时还对日本国内一筹莫展的人口问题、粮食问题负有重大使命。说这些，你们也可能根本不懂，总之我们是为日本帝国的伟大使命而豁出性命跨越北海惊涛骇浪的。这点必须让你们明白。正因如此，即使去那边，帝国军舰也始终为我们保驾护航……如果有谁学如今流行的老毛子的样子，煽风点火轻举妄动，那不用说，完全是出卖日本帝国的家伙。这种事应该不会有的，但还是要你们牢牢记住才好……"

监工打了好几个醒酒喷嚏。

醉醺醺的驱逐舰长官迈着仿佛上发条偶人的脚

步走下舷梯，准备上汽艇。水兵从上下两边扶着活像一麻袋石渣的舰长，险些应付不来。舰长又是挥手又是跺脚又是大声胡言乱语，水兵脸上不知因此喷上了多少次口水。

"表面上这个那个说得好听，瞧这德性！"扶舰长上到汽艇，一个水兵一边从舷梯踏板解缆绳，一边觑一眼舰长，低声说道。

"干掉他？！"

两人屏住呼吸，转而同时笑出声来。

二

遥远的右前方，仿佛灰色海面的雾色中闪出每次旋转都闪烁光亮的祝津灯塔。当它往另一方向旋转时，便把银白色的光束远远拉长好几海里，给人以神秘之感。

船过留萌海湾时，下起了蒙蒙细雨。干活时，渔工们和杂工们不得不把冻得如蟹钳一般僵硬的手斜着揣进怀里，或两手拢在嘴边用力哈气。纳豆黏丝一般的细雨绵绵不断落在同样颜色的迷蒙的大海上。但随着临近稚内，雨变成了雨点。辽阔的海面如翻卷的大旗动荡不安。而后雨又变回细雨，越下越急。每次风吹在桅杆上都发出凶多吉少的声响。船体有的部位就像铆钉松动了似的，不停地吱吱呀呀。驶入宗谷海峡时，这艘接近三千吨的船好像得了打嗝病，开始颠簸不止。船被某种神奇的力量抬

起，一瞬间浮上天空，而后陡然跌回原位。每次都让人感到痒痒的不快，就好像乘电梯下降那一瞬的尿意。杂工们脸色蜡黄，无精打采，唯独眼珠子像喝醉了酒格外突出，"呱呱"呕吐。

透过被浪花溅得模模糊糊的舷窗，可以看见库页岛积雪的山峦硬线，但很快被玻璃窗外向阿尔卑斯冰山一般高高涌起扑来的波浪彻底吞没，闪出一道寒气袭人的深谷。眼看着越来越近，"呼嗵"打在窗口上，顿时粉身碎骨，泡沫哗然四溅。继而俨然宽银幕不断擦窗后撤，向后流去。船不时如顽童摇晃身体。东西从铺位滑落的声音，"吱吱"弯曲变形的声音，船腹重重横撞波浪的声音——其中夹杂着机房声——机房声顺着各种各样的器械，伴随着轻微震动直接"咚咚"传来。船时而骑上浪尖，螺旋桨空转着用桨叶拍击水面。

风越来越大。两根桅杆如钓鱼竿一样折弯，"啾啾"呻吟。波浪简直就像骑着一根圆木棍，以暴力团伙般的势头从船舷一侧向另一侧轻松席卷而去。出口顷刻间化为瀑布。

宛如玩具的蟹工船，有时飘忽忽躺在眼看着高高隆起的浪山那大得可怕的斜坡上，转而"呼啪"一声扎入浪涛谷底——就要沉没了！但谷底马上有别的巨浪巍巍然腾空而起，"啪"一声打在船舷。

驶入鄂霍次克海之后，海的颜色明显灰暗起来。寒气针扎一般刺透衣服，干活的杂工们个个嘴唇发紫。气温越低，干如盐粒的细雪越是呼啸而来，扑打着如玻璃屑一样伏在甲板上干活的杂工和渔工的脸和手。波浪一旦冲过甲板，甲板当即结冰，变得溜滑溜滑。大家只好在甲板与甲板之间拉起缆绳，干活时每个人就像晾尿布一样把自己挂在缆绳上。监工手提打杀鲑鱼的棍子大吼大叫。

同时从函馆起航的其他蟹工船不知不觉间各奔东西。尽管这样，当船跃上阿尔卑斯浪尖之时，有时仍会远远望见像溺水者挥舞双手那样摇来晃去的两根桅杆，香烟般的烟气紧贴波浪四散开去，消失不见……浪涛声与喊叫声之间，的确像有仿佛蟹工船汽笛的声响间歇性"呜呜"传来。而下一瞬间，自己这边的船就"咕嘟嘟"跌入谷底。

蟹工船上面搭载八条作业船。为了绑好作业船以免被犹如几千条鲨鱼呲着白牙的海浪拧掉，水手和渔工们必须"轻易"赌上自己的性命。"你们一两个人算什么，丢掉一条作业船试试，有你们好瞧的！"——监工用日语明确说道。

勘察加海看上去似乎迫不及待地等着蟹工船，活像饥肠辘辘的狮子猛扑过来。蟹工船简直比兔子还要弱小。铺天盖地的飞雪在风的作用下同巨大的白旗无异。夜临近了，但惊涛骇浪仍无止息迹象。

收工后，大伙按顺序进入"粪坑"。手脚像萝卜一般冷冰冰贴在身上，毫无知觉。人们像蚕蛹一样缩进各自的铺位，谁也不开口说话，懒懒躺着，手抓铁柱。船一如要赶走叮在背上的牛虻的马拼命摇晃身体。渔工们把散漫的视线或投在白漆剥落被煤烟熏黄的天花板上，或投在几乎完全沉入海中的青黑色圆窗。也有人半张着嘴发呆。谁都不思不想。一种隐隐约约的不安感使得大家闷声不响。

一个渔工仰脸躺着"咕嘟嘟"灌威士忌，瓶角在红黄色浑浊的灯光中闪着光。空威士忌瓶被他从

铺位用力投向通道，"咣啷、咣啷"打在两三处，划出一道闪电。大伙只把脑袋转向那边，用眼睛追逐瓶子。角落那里有人怒气冲冲说了句什么，狂风巨浪中只听得只言片语。

"要离开日本啦！"他用臂肘擦拭圆窗。

"粪坑"的火炉只是"嘶嘶"冒烟。"活"人在里面冻得瑟瑟发抖，如同被错当成鲑鱼鳟鱼扔进了"冷库"。波浪从蒙着帆布的舱口上面"哗啦啦"一跃而过，每次都在仿佛大鼓内侧的"粪坑"铁壁引起惊心动魄的反响，紧贴铁壁躺着渔工的那一侧时不时像被壮汉的肩膀猛然冲撞一下。此刻，船体犹如垂死的鲸鱼在惊涛骇浪间苦苦挣扎。

"开饭喽！"厨工从门口探出一半身子，双手拢在嘴边喊道。"风浪太大，没有大酱汤！"

"什么？"

"臭咸鱼！"有人缩回脑袋。

人们分别欠身爬起。大家对吃饭怀有不亚于囚人的贪婪，吃起来狼吞虎咽。

他们把咸鱼碟子放在盘起的双腿中间，一边吹

着热气，一边把热乎乎的米饭塞满两腮，舌头一个劲儿倒腾。由于"第一次"把热东西端到鼻端，以致不断流鼻水，险些掉进饭碗。

正吃饭时，监工走了进来。

"别像饿鬼似的大吃大嚼！干不成活儿的日子还放开肚皮猛吃，谁受得了！"

他恶狠狠打量上下铺位，向前晃着左肩走了出去。

"那家伙有什么权利那么说话？"由于晕船和过度劳累，一下子消瘦下来的学生出身的渔工嘟囔一句。

"那个浅川嘛，蟹工船就是浅川，浅川就是蟹工船！"

"天皇陛下高高在上，跟咱们无关，可浅川就没那么简单。"

"太小气了，不过是一两碗饭嘛！揍他！"另一方向有人噘嘴说道。

"了不起了不起！要是敢当浅川的面说，就更了不起了！"

无奈之下，仍憋一肚气的众人笑了起来。

入夜有些时候了，身披雨衣的监工走进渔工睡觉的地方，一边手扶床架以免被船晃倒，一边在渔工中间走着用提灯照来照去。他把南瓜一般排列的脑袋狠狠转过来用提灯照看。这些脑袋即使被踩上一脚也不可能醒的。全部照完之后，监工停了停咂一下舌，像是说这可如何是好。但他马上朝隔壁厨房走去。扇面形的青白色提灯光束每摇晃一下，凌乱不堪的床铺的一部分、长筒橡胶雨靴、挂在立柱上的油布雨衣和短褂，还有一部分行李就闪一下光，俄而消失。光束刚在脚下摇颤着停住，紧接着就在厨房门上投下幻灯般的光圈。到了第二天早上，得知有个杂工下落不明。

想到前一天的"野蛮劳作"，估计可能被海浪卷走了，大家心里一阵不快。但渔工们因为天未亮就被催着干活，没能相互谈起。

"这么冷的海水，哪个愿意跳进去！肯定藏起来了。找到了，看我怎么收拾，畜生！"

监工像摆弄玩具似的一圈圈转动手里的棍子，

满船找个不停。

风暴虽然已过了顶峰，但船刚一插入汹涌的波浪，浪头还是像跨过自家门槛一般轻松跃过前甲板。经过一昼夜的搏斗，船仿佛伤痕累累，带着跛脚似的声响向前行驶。淡烟般的云低得伸手可触，一边打着桅杆，一边急拐弯散去。冷飕飕的雨仍未止息。每当四周海浪高高涌起，射下海中的雨丝便清晰可见，比在原始森林中迷路遇雨还要可怕。

麻缆绳冻得硬邦邦的，抓起来像抓钢管。学生工一边小心脚下滑倒，一边抓它过甲板，迎面碰上单腿跨两阶舷梯跳上来的侍役。

"来一下，"侍役把学生工拉到风吹不到的角落，"有件事很有趣。"

侍役讲给学生工的事是这样的。后半夜两点的时候，波浪冲上前甲板，停顿一下，而后"哗啦"一声如瀑布流淌下去。夜色中，波浪不时白亮亮闪出牙齿。因为风暴的关系，大家都睡不着。就在这时，无线电报务员慌慌张张一头撞进船长室：

"船长，不好啦，S·O·S！"①

"S·O·S？什么船？"

"秩父号。和咱们船并排行驶来着。"

"一条破船，那是！"浅川依然身穿雨衣，大大张开双腿坐在角落椅子上，一边满不在乎地摇晃一只鞋尖一边笑道："不过，哪条船都是破船啊！"

"好像刻不容缓。"

"唔，那不得了！"

船长顾不上整装，急忙拉门要去舵机室。然而，没等门拉开，浅川一把抓住他的右肩：

"谁下令绕行了？"

谁下令？不是"船长"么？刹那间，船长呆若木鸡。但他马上找回自己的立场。

"作为船长下令！"

"作为船长，啊——啊？！"监工叉腰站在船长面前，以侮辱性的高拔声调打断船长。"喂，这到

---

①S·O·S：船舶、飞机遇险时发出的求救信号，1906 年由国际无线电会议规定。

底是谁的船？是公司雇的船，花钱雇的。说了算的是公司代表须田君和这个我。至于你嘛，提起船长倒是像模像样，可实际连擦屁股纸都不如！知道吗？和那东西缠在一起，一个星期都要搭上。少开玩笑，晚一天试试！再说秩父号是加了一大笔保险的。一条破船，沉了反倒赚了！"

侍役以为一场大战一触即发，不可能就此收场。岂料船长像被棉团塞住喉咙似的，怔怔僵立不动。侍役从未见过如此场合的船长。船长说了不算？荒唐，竟有这种事！然而这种事发生了。侍役百思莫解。

"不自量力地讲什么人情，赢得了国与国的大相扑吗？"监工用力扭歪嘴唇吐了一口。

电报室里面，收报机时不时蹦出青白色的小火花，蹦个不停。不管怎样，大家都去电报室看情况。

"看，这么打的，越打越快。"报务员向隔着自己肩头窥看的船长和监工解释。

人们的视线像被缝在上面似的追逐报务员的指尖在各种仪器开关和按钮上灵巧滑动，不由自主地

收紧肩膀和下颚，纹丝不动。

脓包一般安在墙上的电灯随着船体摇晃时明时暗。剧烈打在船舷的波浪声、不断拉响的不吉利的警笛声忽而随风远去，忽而近在头顶，忽而隔铁门传来。

嘀——嘀——嘀，随着长长的尾音，火花四溅开来。这当儿，声音陡然止息。那一瞬间，大家心头一震。报务员慌忙拧动开关或快速捣鼓仪器，但毫无反应，电报不再打来。

报务员扭动身体转一圈转椅：

"沉没……"他从头上摘下耳机，低声说道，"船上乘有四百二十五人，最后关头，救助无望。Ｓ·Ｏ·Ｓ、Ｓ·Ｏ·Ｓ，持续两三次后再无声息。"

船长听了，手插进脖颈和领口之间，痛苦地摇头，伸长脖子以空漠的视线惶惶然环视四周，而后朝门口转过身去，按住领带结。船长从未有过这副样子。

……

学生工被吸引住了："唔，是吗！"他以黯淡的心情把眼睛移向海面。海面依然波涛汹涌。本以

为水平线倏然间近在脚下，但不出两三分钟便被拽下谷底，感觉就像从山谷仰望收窄的天空。

"真的沉没了？"他自言自语，实在放心不下，毕竟自己乘坐的同是破船。

蟹工船哪一艘都是破船。工人们即使死在北鄂霍次克海，丸之内大厦里的大老板们也根本不当回事。资本主义仅靠常规领域的利润已无以为继，利息下降，资金过剩。以致"不折不扣"变得无恶不作，无处不去，拼死拼活寻求"血路"。到了这个地步，一艘就能一下子赚上几十万元的蟹工船，自然使他们走火入魔。

蟹工船是工船（工厂船），而不是航船，因而不适用航海法。拴了二十多年没人管、只能使之沉没的如同"梅毒患者"那样破破烂烂的船，居然被乔装打扮一番，恬不知耻地开到函馆来了。日俄战争中"光荣"瘸腿、像鱼肠一样弃置的医用船和运输船也现出比幽灵还幽的影子。这种船只消水蒸气加大一点点，管道就会破裂漏气。在俄国监视船的追赶下稍一提速（已有过几次），船身每个部位都

"吱嘎"作响,即将分崩离析,如中风患者浑身颤抖。

然而这都毫无所谓。正值日本帝国多事之秋,什么都要派上用场。何况,蟹工船纯属工厂,却又不适用工厂法。这样,再没有比这东西更能让人为所欲为的了。

脑袋转得快的大老板们把这个同"为了日本帝国"捆在一起。多得难以置信的金钱涌进大老板们的腰包。为确保万无一失,他们又边开车边在心里盘算如何出马当"议员"。然而,就在与此分秒不差的同一时刻,秩父号的劳工们却在几千海里之外的北边黑暗的大海上迎着碎玻璃一般锋利的风浪做殊死搏斗!

学生工一边沿舷梯走下"粪坑",一边心想:这可不是与己无关的事!

走下"粪坑"梯子,迎面贴着一张纸。是用饭粒代替糨糊贴的,上面错字连连:

> 发现杂工宫口的人,赏给蝙蝠两盒毛巾一条。
>
> 监工浅川

三

蒙蒙细雨下了好几天。因此变得模模糊糊的堪察加海岸线，看上去如一条七腮鳗鱼光溜溜延伸开去。

博光号在距海湾四海里的地方抛锚。三海里那边是俄国领海，"规定"不能入内。

网已经理顺，一切准备就绪，随时都可以捕蟹了。堪察加两点左右亮天，渔工们整装待发，就那么穿着高及大腿根的胶靴，钻进木箱，倒头便睡。

被中介商骗来的东京的学生工嘟囔说本不应是这样子的。

"什么一人单睡，花言巧语！"

"不错啊，是一人单睡，一个人倒头就睡嘛！"

学生来了十七八个人。预支六十元，去了火车票钱、借宿费、毯子被褥钱，再加上中介费，结果

上船时每人还欠了（！）七八元。当他们明白过来时，比手里攥的钞票变成枯树叶还要让他们目瞪口呆。一开始他们就像被妖魔鬼怪围住的亡灵，在渔工中间抱成一团。

从离开函馆第四天开始，每天每日的粗米饭和一成不变的大酱汤彻底搞垮了学生们的身体。躺下后他们就支起膝盖互相用手指捏小腿肚，如此翻来覆去。每次塌坑或不塌坑，弄得他们心情或一下子兴奋起来或一下子黯然神伤。有两三人一摸小腿就像触了弱电一样发麻。他们把双腿悬在床沿，用手掌敲打膝盖，看脚能否弹起。更糟糕的是，已经四五天不排便了。一个学生去找医生拿药。回来时脸色由兴奋变得发青："说没有那种少爷药！"

"还用说，船医都那个德性！"旁边听得的老渔工说。

"哪里的医生都一样。我原来在的公司医生也一个德性！"说话的是矿山渔工。

大家正横躺竖卧时，监工进来了：

"原来你们都躺着。听我说一句，秩父号沉没

的电报打进来了，生死详情还不知道。"他咧一下嘴，"忒"一声吐了口唾液。他的老毛病。

学生立刻想起从侍役口中听来的话。实际上他下手杀害了四五百个劳工的性命，却说得这般轻松，真是个扔进海里也不抵罪的家伙！学生心想。这时，大家接连抬起头，陡然七嘴八舌交谈起来。浅川说罢，向前晃着左肩走了出去。

下落不明的杂工两天前从锅炉旁边出来时被抓住了。藏了两天，肚子饿得不行，无可奈何地出来了。抓住他的是个过了中年的渔工。年轻渔工气愤地说要狠揍这个渔工一顿。

"少管闲事！不吸烟哪里晓得烟的滋味？"拿得两盒"蝙蝠"的渔工津津有味地吸着。

杂工被监工剥得只剩一件衬衣，塞进两个厕所中的一个，从外面上了锁。最初大家都不愿意上厕所，邻厕里的哭叫声实在让人听不下去。第二天声音嘶哑了，"唏唏"抽泣。后来呻吟声开始时断时续。一个干完活的渔工放心不下，马上走去厕所那里，但里边已不再有敲门声传出了。从外面招呼也无反

031

应。那天晚些时候，宫口被抬了出来。他一只手搭在厕所蹲坑盖板，头扎进手纸篓，整个人趴在地上。嘴唇像涂了蓝墨水一样发青，已经奄奄一息了。

早晨很冷。虽然天已放亮，但时间才三点。大家一边把冻僵的手揣进怀里，一边弓身爬起。监工在杂工、渔工、水手、炉工各房间走来走去，无论感冒的还是有其他病的，他统统不管，全都拽了起来。

虽说没风，可在甲板干起活儿来，手尖脚尖仍像棒槌似的变得毫无感觉。杂工长吆五喝六把十四五个杂工们赶进车间。他拿的竹棍尖头拴着皮条，从对面也可以隔着机器抽打不勤快的人。

"昨晚放出来后连话都说不成的宫口也必须一大早就得出工，刚才还用脚踢来着！"一个和学生工熟悉起来的身体单薄的杂工不时觑一眼杂工长的脸色告诉他，"看样子无论如何也不能动了，这才作罢。"

这时，监工把一个浑身打哆嗦的杂工从后面连推带搡赶了过来。因为顶着冷雨干活，这个杂工患

了感冒，后来肋膜出了问题。即使不冷的时候也浑身抖个不停。眉间刻着与孩子年龄不相称的皱纹，没有血色的薄嘴唇奇异地扭歪着，一副看起来正在抽搐的眼神。他实在冷得受不了，正在锅炉室打转转时被监工发现了。

把作业船从绞车上放下去准备下海捕蟹的渔工们一声不响地目送两人。一个四十岁左右的渔工仿佛不忍再看，扭过脸万般无奈地慢慢摇了两三下头。

"花大价钱领来可不是让你感冒睡懒觉的！混账东西，跟你们无关，看什么看！"监工用棍子敲着甲板说。

"就算监狱，也没见过这么恶劣的！"

"这种事，回老家怎么说都没人当真！"

"是啊，这种事本来就不该有！"

蒸气促使绞车"哐哐嘟嘟"转动起来，作业船开始在空中一齐摇晃着下降。水手和炉工们也被赶了上来，一边小心脚下光滑的甲板，一边往来奔跑。监工像一只竖起鸡冠的公鸡在他们中间巡视。

劳作告一段落的时候，学生工坐在货堆后面避

了一会儿风。从矿山来的渔工双手在唇边合拢，气喘吁吁地一晃儿拐弯走来。

"简直玩命！"这句无意中发自内心的感慨使学生胸口受到一击。"和矿山也没什么两样，不豁出命，就别想活。瓦斯可怕，可波浪也够吓人的！"

中午过后，天空起了变化。到处笼罩着淡淡的海雾——淡得若说没有也未尝不可——波涛犹如被抓起的包袱皮哗然立起无数三角形。风出声地陡然掠过桅杆。货堆上盖的帆布底端"啪啦啪啦"打着甲板。

"跑兔子了，兔子！"有人大声喊着跑过甲板。声音当即被狂风撕裂刮走，听起来像是无谓的喊叫。

三角形浪尖已经白亮亮在整个海面溅起无数浪花，宛如无数白兔在大平原上奔腾跳跃。这是堪察加海"风暴"的前兆。暗潮的流速突然加快。船开始打横。刚才还在右舷的堪察加不觉之间出现在左舷。留在船上作业的渔工和水手忽然慌张起来。

警笛在头顶拉响。大家原地不动，仰望天空。或许因为就站在烟囱下面，那向后斜着伸出的、粗

得令人意外的木桶般的烟囱反复摇晃不止。从烟囱肚子上那状如德国帽的汽笛中拉响的警笛，在风暴中听起来很有些悲壮。远离母船捕蟹的作业船听得这持续不断的警笛声，开始顶着惊涛骇浪返航。

有些昏暗的机房舷梯口那里，渔工和水手们聚在一起吵吵嚷嚷。船每晃动一次都有淡淡光束从斜上方洒落下来，渔工们一张张激动的面孔时而闪出时而消失。

"怎么回事？"矿工走进他们中间。

"浅川那个混蛋，非揍死他不可！"

据无线电报务员透露，监工今天一大早就从停泊在十海里外的××号接到了"风暴"警报，甚至附言说若作业船已经出去，须即刻叫回。而浅川当时却说什么"要是被这种事一一搞得心惊胆战，特意来这勘察加海还哪里干得成事！"

最初听得的渔工似乎把报务员当成了浅川，大声吼道：

"把人命看成什么啦，混账！"

"人命？"

"人命！"

"浅川根本就没把你们当人！"

想说什么的渔工忽然憋住，满脸通红，往大家这边跑来。

大家站立不动。但不用说，气愤正从心底一点一点浮上他们忧愁的脸。一个杂工因为父亲乘作业船下海了，开始围着渔工们聚堆的地方不安地走动。汽笛仍然响个不停。因为就在头顶上响，听得渔工们心如刀绞。

傍晚，船桥响起很大的喊叫声。下面的人一步跨两阶跑了上来——有两条作业船正在靠近。两条船用绳子互相拴在一起。

已经离得很近了。但巨浪就像把作业船和母船放在跷跷板两端，一上一下剧烈摇晃。浪头一个接一个朝两船之间冲高压下。虽近在眼前，却怎么也靠不在一起，让人急不可耐。从甲板抛下缆绳，但够不到，只是徒然溅起水花掉进海里。缆绳又像海蛇一样被拉了上来。如此反复多次。大家从这边齐声喊叫，但没有回音。渔工们脸上的表情如面具一

般僵止不动。就连眼睛看什么那一瞬间也像僵死一样一动不动。眼前的情景如刀刃剜着渔工的胸口，实在目不忍视。

缆绳再次投下。绳头始而像发条、继而像鳗鱼一样伸展过去，绳头横向抽在伸出两手准备抓它的渔工脖子上。大家"啊"一声叫。渔工当即被侧身打倒，但他抓住了！缆绳一下下绷紧后，抖落水珠，绷成一条直线。在这边看着的渔工们不由得舒了口气。

由于有风，警笛时而变高时而变远，如此反复不止。傍晚到来之前，除了两条，其他作业船还是全部回来了。一踏上甲板，哪个渔工都当即失去知觉。一条船进了水，就抛下锚，渔工们转到别的作业船上赶回。另一条则连同渔工们完全没了下落。

监工气得什么似的。三番五次下到渔工房间，又爬上走开。每次大家都以充满足以烧死他的强烈憎恶的视线默默目送。

第二天，也是为了寻找作业船，母船开始追着蟹群移动。按监工的说法，"人五六匹无所谓，心

疼的是作业船"。

机房从一大早就忙了起来。起锚时的震动使得紧贴锚房住的渔工们像炒豆一般蹦来蹦去。船舷铁板已经千疮百孔，每次震动都有什么剥落。博光丸开到北纬五十一度五分那里搜寻抛锚的一号作业船。破碎的冰块如同活物在缓慢的波浪间一闪一闪地流动。不料，那些七零八落的冰块不时形成无边无际的巨大群体，吐着水泡，转眼间把船围在正中。冰面腾起热气般的水蒸气。而"寒气"又像电风扇吹风一样袭来。船体所有部位都"咯吱"作响。被水打湿的甲板和栏杆结了冰。船身结了霜，如被抹了一层白脂粉闪闪生辉。船拽着一条旷野小路那样的痕迹向前行驶。

作业船了无踪影。

快到九点的时候，从船桥上发现前方漂着一条作业船。监工见了，高兴地跑上甲板："畜生，总算找到了，畜生！"机动船当即被放了下去。但那不是要找的一号作业船，船上新打的编号为"第36号"，而且连着显然是×××号蟹工船的铁浮标。

以此看来，是×××号蟹工船往哪里移动时为记住原来位置留下的。

浅川用指尖"嗵嗵"敲着作业船的船身说：

"这个怎么不要了？"他嘻嘻一笑，"拖走！"

于是，第36号作业船被绞车吊起。船身在空中摇晃把水珠"啪嗒啪嗒"滴在甲板上。

"没白来一趟！"监工得意洋洋地看着吊起的作业船自言自语，"好东西，好东西啊！"

正在理网的渔工们看着他说：

"哼，这个贼！要是吊链断了砸掉他的狗头多好！"

监工以像要从中剜出什么似的眼神往下看着正在做工的他们每一个人，从他们身旁走过。而后扯着破锣嗓子急喊木工。

很快，木工从另一侧舱口探出脸：

"什么事？"

出乎意料的监工回过头，一副气恼的样子：

"什么事？傻瓜蛋！把编号削掉嘛，刨子、刨子！"

木工显出不解的神色。

"笨蛋，过来！"

腰里别着锯、手拿刨子的小个头木工跟在膀大腰圆的监工后头，瘸腿似的踉踉跄跄走过甲板——作业船"第36号"的"3"被刨子刨去，成了"第6号作业船"。

"这下好了，这下好了，哈哈，活该！"监工把嘴扭成三角形，伸懒腰似的放声大笑。

再往北走也不可能找到作业船了。因为吊起了第36号作业船，原地踏步的蟹工船为了返回原来位置，开始缓慢地大大掉头转弯。天空彻底晴了，如洗过一般澄澈。勘察加的山脉如在明信片上看到的瑞士山峦一般历历在目，闪闪生辉。

下落不明的作业船没有返回。渔工从一个个如水洼般空出的铺位上收拾他们的物品，查看其家人的地址，以便万一出事时能迅速处置。这绝不是让人愉快的作业。做的当中，渔工们觉得很难受，就好像自己某个痛处被人窥看似的。他们的物品中出来了写有同姓女子名字和地址的小包裹和信，那是

准备等交通船来时寄走的。其中一人的物品中有一封不断舔着铅笔写的平片假名①混合的信。信在渔工粗糙的手中传来传去。他们像捡豆粒一样一个字一个字零星而又贪婪地看罢，仿佛看见不快的东西摇摇头，传给下一个人——那是一封小孩写来的信。

一个人出声地抽一下鼻子，从信上抬起头，以干巴巴的声音说："都怪浅川，要是知道他们死了，一定打一场吊丧大战！"他块头很大，在北海道腹地做过各种各样的活计。

一个年轻的厚肩膀渔工说：

"那家伙，我一个人就能打趴下！"

"啊，都怪这封信，一下子全想起来了。"

"跟你说，"第一个人接道，"稍一马虎，我们也要给他干掉的，这可不是别人的事。"

角落里一个支起一条腿坐着咬拇指甲的渔工翻眼听着大家的话，"嗯嗯"摇完头又点点头：

"放心，交给我好了，那时候！我来捅那家伙

––––––––––––––––––––

① 平片假名：日文字母名称，分平假名、片假名两种，前者常用。

041

一刀子！"

大家默然。默然，而又舒了口气。

博光号返回原来位置过了三天，那条下落不明的作业船突然（！）回来了，而且很精神地回来了。

他们刚从船长室回到"粪坑"，马上被大家围在漩涡正中。

由于"狂风暴雨"，他们彻底失去了掌控自由，比被抓住脖领子的小孩还束手无策。一来跑的地方最远，二来风向不巧完全相反，大家都作好了死的准备。渔工们早已习惯作"轻易"死去的心理准备。

不料——这种事当然不多——第二天早上作业船装着半船水被打上了堪察加海岸，由附近的俄国人救了起来。

那家俄国人一家四口。对于渴望有女人有孩子的"家"的他们来说，那里有难以言喻的吸引力。况且对方全都那么热情，这个那个照料他们。不过起始他们到底有些怕：毕竟对方是外国人，讲的话听不懂，头发和眼睛的颜色也不一样。

但他们很快明白，什么呀，原来和自己是同样的人嘛！

得知他们遭遇风暴，村里很多人聚拢上来。那里同日本渔场已有相当远的距离。

他们在那里待了两天，等身体恢复后就回来了。"本不想回来的。"——有谁想回到这种地狱呢！不过他们的故事并未到此为止，"有趣的"被另藏起来。

那正是他们回来当天。当他们在火炉周围一边穿戴一边说话时，四五个俄国人走了进来——其中有一个中国人——一个大脸盘、长着很多红色短须约略驼背的俄国人突然挥手大声讲了起来。船老大在眼前摆手，表示自己不懂俄语。于是俄国人说一句，盯视其嘴角的中国人即译成日语。听得船老大反倒莫名其妙起来。那日语颠三倒四，语句和语句如醉汉一般东倒西歪。

"你们没有钱！"

"是的。"

"你们是穷苦人！"

"是的。"

"所以，你们是无产阶级。明白？"

"嗯。"

俄国人开始笑着在那里走动，不时停住脚步注视他们：

"有钱人对你们这样（他做出卡脖子手势），有钱人越来越大（他做出肚子胀大的样子）。你们横竖不成，成为穷人。明白？日本国，不成！干活的人、这样（他皱起眉头，仿佛病人）；不干活的人、这样，哼哼（做出趾高气扬走路的样子）。"

这对年轻渔工很有意思。"正是，正是！"他们笑了起来。

"干活的人、这样，不干活的人、这样（重复刚才的）。这样子不成！干活的人、这样（这回反过来昂首挺胸），不干活的人、这样（模样如上年纪的乞丐），这样才对。明白？俄国、俄国这个国家，全是干活的人、全都是干活的人，这样（扬眉吐气）。俄国，没有不干活的人，没有狡猾的人，没有卡人脖子的人，明白？俄国一点也不可怕。大家、大家

都在说谎！"

他们若有所觉，这就是所谓"可怕""赤化"不成？但同时觉得，如果这就是"赤化"，那也是"理所当然"。反正被紧紧吸了过去。

"明白？真的、明白？"

俄国同志有两三人"哇啦哇啦"讲起什么。中国人听着。之后再如结巴一样一个个拾起日语词儿说道：

"有人赚钱不干活。无产阶级总是、这样（比划卡脖子），这个、不成！无产阶级、你们、一人、两人、三人……一百人、一千人、一万人、十万人、全都、全都、这样（做小孩手拉手的样子），就会变得强大。别怕（拍胳膊），谁都不怕，明白？"

"嗯、嗯！"

"不干活的人、跑了（做狼狈逃窜的样子），别怕，真的。干活的人、无产阶级、厉害起来（阔步前行）。无产阶级、最伟大。无产阶级没有、都没有面包，都死掉。明白？"

"嗯、嗯嗯！"

"日本、还、还不行。干活的人、这样（弯腰缩成一团），不干活的人、这样（做狠狠打人的样子），那、统统不行！干活的人、这样（气势汹汹站起身，大踏步前行，打倒对方，踏上一只脚）。不干活的人、这样（做逃跑状）。日本、全是干活的人，好样的国家、无产阶级的国家！明白？"

"嗯、嗯，明白！"

俄国人发出怪声，像跳舞那样跺脚。

"日本、干活的人、干起来（做奋起搏斗状），高兴，俄国都高兴。万岁！你们回到船上，你们船上不干活的人、这样（飞扬跋扈）。你们、无产阶级、这么干（做拳击架势，又做手拉手冲刺状）！别怕，一定胜利！明白？"

"明白！"不知不觉之间激动起来的年轻渔工一把抓住中国人的手。

"干，一定干！"

船老大心想这就是"赤化"了，让我们干异常可怕的事，俄国就是要用这一手巧妙蒙骗日本的。

最后，俄国人喊了一声什么，有力地握住他们

的手。还紧紧拥抱，把硬须腮贴了上来。惊慌失措的日本人脖子往上僵挺，不知如何是好……

大家不时看"粪坑"入口一眼，催他们继续往下讲。他们接着这个那个讲了很多所见到的俄国人的事。哪一个都像吸墨纸一样渗入大家心里。

"好了，别讲了！"

船老大看大家全都听得如醉如痴，使劲捅一下拼命讲述的年轻渔工肩膀。

四

下雾了。平时机械地各就各位的通风管、烟囱、绞车臂、悬垂的作业船、甲板栏杆等等，轮廓全都模糊起来，看上去给人以前所未有的亲切感。柔软温润的空气拂过脸颊——这样的夜晚非常少见。

后舱口那里一股蟹黄味儿扑鼻而来——堆积如山的渔网之间立着一高一矮两个身影。

由于过度疲劳而损坏心脏、全身青黄浮肿的渔工，"嗵嗵"的心跳声使得他怎么也睡不着，就上到甲板来。他靠着栏杆，呆愣愣望着糨糊一般黏糊糊的大海。随即陷入沉思：这身体要被监工搞垮。可是死在这遥远的堪察加且没踩着陆地就死掉也太凄凉了！这时，他发觉渔网下有人。

响起仿佛脚踩蟹壳碎片的动静。

悄悄说话的声音传了过来。

眼睛习惯后，渔工看明白了。原来有个渔工向一个十四五岁的杂工说什么。至于说什么，却听不清楚。背朝这边的杂工不时像闹别扭或耍性子的孩子似的转过身去。那个渔工也随之转身，如此持续片刻。那个渔工情不自禁地（似乎）高喊一声，却又马上压低，快速说了句什么。旋即一把搂住杂工。莫不是吵架？忽然间只听得嘴被衣服堵住的"唔唔"声，但就那样再也不动了。就在那一瞬间，眼见杂工的双腿在轻柔的薄雾中如蜡烛一般浮现出来——下半身一丝不挂。之后杂工就势蹲下，那渔工如癞蛤蟆一样扑了上去。唯独这个动作一瞬间——突然咽住般的瞬间出现在"眼前"。注视着的渔工不由得移开眼睛，感到一种既像被灌醉又像被殴打的亢奋。

渔工们被体内渐渐鼓胀的性欲折腾得苦不堪言。这些身强力壮的男人已经离开"女人"四五个月之久了。每到夜晚，在函馆嫖妓的情形和关于女人下部的露骨描述是必不可少的。一张色情画不知被传看了多少遍，以致变得皱皱巴巴，甚至起了

毛边。

……

快铺好啊，

转过身啊，

亲亲嘴啊，

搂成团啊，

好销魂啊，

真累人啊。

有人唱道。结果，只唱一遍，这首歌就像被吸入海绵似的给大家记住了。每有什么就唱了起来。唱完就乱叫一声"唉，畜生！"两眼炯炯发光。

"畜生，伤透脑筋！怎么都睡不着。"渔工们躺下后，有人骨碌碌翻来翻去。"不得了，那小子竖起来了！"

"这可如何是好！"说罢，最后抓着勃起的阴茎，赤裸裸爬起身来。见得大块头渔工这般模样，甚至让人觉得惨不忍睹，身体一阵子发紧。被吓坏的学

生工只用眼睛从角落注视这一切。

遗精的也有好几个人。也有人趁没人时自慰。床架角落里，带"硬块"的脏裤衩和兜裆布团成一团湿乎乎发着酸臭味儿。学生工有时像踩野粪一样踩在上面。

后来，渔工们开始去杂工那边"私通"。他们用香烟换成糖果，往口袋里塞两三块，走出舱口。

厨工打开堆有咸菜坛子的仓房时，当即有一股呛人味儿的昏暗中抛来一句怒骂——怒骂声好像突然砸在脸上：

"关上！再进来看我打死你，混账东西！"

无线电报务员监听其他船之间的无线电报，将其捕捞量一一报告监工。监工看了，得知自己的船无论如何也要甘拜下风。监工急了，当即把不知比平时大多少倍的火气发在渔工和杂工们身上。无论何时，无论何事，最后的出气筒都是"他们"。监工和杂工长特意让"水手"和"渔工、杂工"之间展开劳动竞赛。

同样剥蟹壳，若"输给水手"，（尽管赚钱不归自己）渔工和杂工还是觉得不服气："岂有此理！"监工"击掌"称快。今天赢了，今天输了，下次岂能认输！——这种血汗日子昏天黑地持续下来。同样一天时间竟比原先多干了五六成。但干到第五六天，双方都像泄了气，劳动量急速下降。劳动当中，脑袋不时耷拉下来。监工不由分说地一阵猛打。他们吃了一惊，"啊"一声发出自己也意想不到的惊叫。大家就像相互为敌或像忘记话语的人那样互不作声，只顾默默劳作。就连说话的"剩余"气力都没有了。

监工这回开始给赢方"发奖"了，于是死灰复燃。

"好对付得很！"监工在船长室和船长喝啤酒。

船长如胖女人胖得手背上现出"酒窝"。他用香烟金嘴灵巧地敲着桌面，对监工报以莫名其妙的笑脸。船长对监工深恶痛绝，觉得他总是在自己跟前拉横车。心想要是渔工们轰然闹事，把这家伙扔到勘察加海里去该有多妙。

除了"奖品",相反,监工还对干活最少的人施以"烙印"——把铁棍烧得通红通红,直接烙在身上。他们跑去哪里都甩不掉"烙印",简直就像自己影子似的始终追赶自己干活。活计额度层层加码。

同本人相比,监工更知道人的身体极限。干完活,人们如粗铁棒一般歪倒在架子床上,"不约而同"地"呜呜"呻吟起来。

一个学生工想起小时候跟随祖母在寺院昏暗的大殿中见过的"地狱"图,那让小时候的他联想到恰似巨蟒的动物在沼泽里一弯一弯蠕动的场景,二者一模一样。过度劳累反而使人睡不着觉。到了后半夜,或者突然响起类似猛一下子划过玻璃表面的可怕的咬牙声,或有像是梦话和魔住的怪叫在昏暗的"粪坑"里此起彼伏。

睡不着的时候,他们甚至忽然对自己的血肉之身喃喃低语:"居然还活着……"居然还活着——这样对自家身体说道。

学生工最为"难熬"。

"陀思妥耶夫斯基①的死屋，从这里看来也觉得算不得什么。"——这个学生工已经好几天没排便了，要用毛巾紧紧勒住脑袋才能睡着。

"那怕是的。"对方像喝药一样用舌尖舔一点从函馆带来的威士忌。"毕竟是伟大事业嘛！开发没人到过的地方的财源，那可不是小事。就说这蟹工船吧，听说如今也变好了。创业当初因为不能观测天气和潮流的变化，或者把握不了地理实况，不知沉没了多少船。被俄国船击沉，当俘虏，被杀头，但还是不屈不挠地奋起抗争、苦苦挣扎，这大片财源才成了咱们的……也是别无他法。"

"……"

历史书上也总是那么写，或许真是那样。但这个学生工心底挥之不去的苦闷，一点也没有因此得到化解。他默默抚摸胶合板一般硬的肚皮，拇指像触了弱电一样"嚓嚓"发麻。他把拇指举到眼睛那

---

① 陀思妥耶夫斯基：(1821—1881) 俄国小说家，与托尔斯泰齐名的世界级文豪。著有《死屋手记》《罪与罚》《群魔》《卡拉马佐夫兄弟》等。

里，单手摩挲一下。吃完晚饭，大家都凑在"粪坑"正中间那个地图一般满是裂纹的摇摇晃晃的火炉旁边。身体稍一变暖，就开始冒热气，一股蟹腥味扑鼻而来。

"道理倒是不大明白，可我不愿意被折磨死！"

"当然！"

郁闷的心情站立不稳似的朝那里崩塌过去。很快就要被折磨死！人人变得怒气冲冲，不知往哪里发泄。

"咱、咱们又、又得不到什么，怎、怎么能把命都搭上！"结巴渔工自己先发起急来，憋得面红耳赤，大声说道。

大家一时沉默不语，觉得心头"意外"被什么戳了一下。

"我可不想死在勘察加……"

"……"

"交通船离开函馆了，管电报的人说。"

"想回去啊！"

"回得去吗？"

"听说常有人搭交通船逃跑。"

"嗯？……那可好！"

"还有人假装外出捕蟹，逃上勘察加陆地，和老毛子一起搞赤化宣传。"

"……"

"为了日本帝国？又想出好听的名义了！"学生工解开胸扣，露出楼梯一般现出一道道凹坑的前胸，一边打哈欠一边"咔嚓咔嚓"搔着。污垢干了，如薄薄的云母片剥落下来。

"哼，全、全都给公司的阔佬们抢走了！"

一个已过中年的渔工把虚弱而浑浊的视线从有几条褶的下垂的眼睑下怔怔投在火炉上，吐了口唾液。唾液落在炉盖上，滴溜溜旋转着变成圆水珠，"吱吱"作响，像豆粒一样跳跃，眼看越来越小，最后留下油烟粒般的小小气体，不见了。大家都把恍惚的视线投在炉子上面。

"喂，说不定真是那样。"

但是，船老大翻开胶底袜子的红毡衬里，一边在炉子上烤一边说：

"喂喂，谋反可不行的哟！"

"……"

"我情愿，狗日的！"结巴渔工嘴唇噘得像条章鱼。

一股橡胶烤焦的难闻味儿。

"喂，爷们，胶底！"

"噢，啊，焦了！"

浪似乎大了，外舷窗模糊起来，船像摇篮一样摇来摆去。如腐烂的酸浆果的五瓦灯泡下面，围炉而坐的每个人身后的影子重重叠叠，难分难解。一个寂静的夜晚。炉口探出的红色火苗一闪一闪照着膝下。自己不幸的一生忽一下子——绝对一下子——在那一瞬间闪回，便是静得如此不可思议的夜晚。

"没有烟？"

"没有……"

"没有？"

"没有了。"

"臭！"

057

"喂，把威士忌传到这边来，快！"

对方把四方瓶底朝上晃了晃。

"别别，别糟蹋了！"

"哈哈哈哈哈哈哈。"

"来到这么一个活见鬼的地方，我也……"

这个渔工在芝浦一家工厂待过，于是讲起那里的事来。对于北海道的劳工来说，那家工厂是个全然想象不到的"好地方"。

"哪怕是这里百分之一的事，那里都要罢工！"他说。

受此引发，人们东一句西一句讲起过去的种种经历。"国道修筑工程""灌溉工程""铺铁路""填海建港""开新矿""垦荒""搬运工""捕鲱鱼"——几乎所有人都干过其中一项。

在内地，工人们变得"蛮横"起来，资本家勉强不得，加上市场开发殆尽，以致走投无路。这一来，资本家就把利爪伸向北海道、库页岛。在那里，他们得以像在朝鲜和中国台湾等殖民地那样耍乐子似的"虐待"工人。资本家早就看透了，即使这样

也谁都说不出什么。"国道修筑""铺铁路"的土方工窝棚里，虐待致死的土方工比虱子还多。有的因不堪虐待而逃跑。抓住后，将人绑在木桩上让马用后蹄踢或在后院里让土佐犬咬死。而且是在大家眼皮底下干的。听得肋骨在胸腔里"嘎巴"一声闷响，就连"不是人"的土方工也不由得捂住脑门。晕过去就泼水激活，如此反复不止。最后由土佐犬强有力的脖子像甩包袱一样甩死。软塌塌扔在广场一角不理不睬之后，身体仍有某个部位一下下抽搐。至于用火筷子突然烙屁股或用六棱棍打得直不起腰，那更是"日常性"的。吃饭时会忽然听见身后响起一声尖叫，随即淌来一股人肉烧焦的腥味儿。

"算了算了，哪里还吃得下饭！"

大家扔开筷子，沉着脸面面相觑。

好几个人因脚气死了，干得太过分了。死了也"没工夫"，就那样连放几天。在往后头去的阴暗地方随便盖上草席，席角露出竟然小得如孩子似的黑黄色干巴巴的两只脚。

"脸上一层苍蝇，从旁边经过时，忽一下子全

都飞了起来。"有人"砰砰"拍着脑门走进来这样说。

天还没亮人们就被赶出做工，一直干到鹤嘴镐尖一闪一闪发光、看不见手底下为止。大家反倒羡慕在附近一座监狱干活的犯人。尤其朝鲜人，除了老板和工头，还要受同是土方工（日本人）"践踏"般的虐待。

三四十里外的村庄里的巡警时不时拿着手册一颠一颠跑来盘查。有时待到晚上，有时住下，却一次也没往土方工这边露过面。回去时满脸通红，边走边在路面正中间转圈撒尿，活像消防浇火似的，就这样莫名其妙地嘟囔着什么走了回去。

在北海道，哪一根铁路枕木都不折不扣是一具肿得发青的"尸体"。填海建港那边，患了脚气的土方工活着就被作为"人柱"埋掉。人们把北海道这种劳工叫作"章鱼"。为了活命，章鱼连自己的手脚都吃掉。二者岂不一模一样？在那里，可以肆无忌惮地进行"原始性"剥削，简直是敲骨吸髓。并且将其同"国家"财源开发巧妙地挂起钩来，冠冕堂皇，无懈可击。劳工们为了"国家"而忍饿挨

饿、被折磨死。

"能从那里活着回来，那可全赖神明保佑，谢天谢地！不过，在这船上送命，也是一回事，半斤八两！"说着，这个渔工突如其来地放声大笑。笑罢，眉头那里眼看着黯淡下来，随即歪身躺倒。

矿山也不例外。在新矿山挖坑道时，为了准确查明那里会出来怎样的瓦斯，会发生怎样的险情，资本家使用跟乃木①军神同样的方法，一批接一批任意驱使比买"豚鼠"还便宜的"劳工"进去丧命，比用擦鼻涕纸还随意。无异于"金枪鱼刺身"的工人肉片不知把坑道壁加固了多少层。因为远离城市，这里发生的事同样骇人听闻。矿车运来的煤块中时有拇指和小指零零碎碎黏在一起。就连女人和孩子也不对那种事皱一皱眉头。"习以为常"的他们面无表情地把煤推向下一站——便是那种煤炭为资本家的"利润"驱动巨大的机器。

---

① 乃木：乃木希典（1849—1912）日本明治时期陆军大将。日俄战争期间以人海战术攻下旅顺。死后被誉为军神。

061

大凡矿工都像长期蹲监狱的人那样脸上毫无光泽，又黄又肿，总是呆愣愣的。日照不足、煤灰、含有毒瓦斯的空气、异常温度和异常气压，这些使得他们的身体眼看着变得莫名其妙。"当七八年矿工，差不多有四五年连续待在漆黑漆黑的井底，一次都见不着太阳，四五年时间！"可是，对于可以随时大量雇用替代劳工的资本家来说，无论发生什么都满不在乎。到了冬天，劳工"仍然"拥到坑道里来。

另外，北海道有"入住百姓"——"移民百姓"。"开拓北海道""解决口粮问题、奖励移民"、日本少年式"移民致富"——资本家利用满是花言巧语的宣传影片，煽动土地即将被夺走的内地贫苦农民背井离乡，来到下挖四五寸就全是黏土的地方。肥沃的土地早已竖起牌子。有时大雪封门，连马铃薯都吃不上，转年春天全家饿死。这种"事实"发生过很多次。到了雪化的时候，相距七八里的"邻人"赶来才发现。死者口中有吞了一半的稻草秸露在外面。

就算偶尔有人免于饿死，可花了十多年时间好歹把荒地耕成普通农田的时候，那块农田也完全成"别人"的了。资本家——高利贷、银行、华族、大富豪们只要像吹气一样放贷（投钱），等到荒地变得如胖黑猫毛色一般肥沃，就必成自己的无疑。那些想如法炮制、坐享其成、眼光敏锐的人也跑到北海道来。平民百姓到处有人撕咬自己的东西。最终，他们成了和在内地时同样的"佃农"。到了那时才恍然大悟："上当了！"

他们是想多少弄点钱返回老家的村子才跨过津轻海峡来到冰天雪地的北海道的——蟹工船上有很多因自己的田成了别人的而被迫出走的人。

搬运工和蟹工船上的渔工差不多。在有监工看着的小樽客栈里东倒西歪的他们，被人用船拉去库页岛或北海道的腹地。脚下刚一打滑，就被"轰隆隆"天摇地动滚下来的木材压在下面，压得比南部煎饼还薄。要是不巧被木材——由绞车"咔嚓咔嚓"吊上船的树皮因沾水而涨鼓鼓的木材打了一下，脑袋开花的人就掉下海去，掉得比小跳蚤还轻。

在内地，不愿意总是默默"任人宰割"的劳工们抱成一团反抗资本家。但"殖民地"的劳工被彻底"隔离"开来，不知晓那种情况。

本来就痛苦得无以复加了，但还是要跌倒了爬起往前走，而越走痛苦越像雪球一样重重压在身上。

"怎么办呢……"

"等死，还用说！"

"……"人们似想说什么，却一下哽住了，一片沉默。

"等、等、等死前，先让他们死掉！"结巴渔工冒冒失失抛出一句。

"扑通、扑通"，波浪缓缓拍打着船舷。上甲板那里，好像哪里的管道漏气了，不断地发出仿佛铁壶烧开时细弱的"嘶嘶"声。

睡觉前，渔工们脱下因污垢而像鱿鱼干硬邦邦的线衣和绒衫，在火炉上面开。围坐的人像扯着被炉棉被那样各自扯着衣角，烤热后又"啪嗒啪嗒"抖动。每当有虱子、臭虫掉在炉盖上，便"噗噗"作响，发出烤焦人肉时那种腥臭味。一旦变热，受

不住的虱子便在衬衣线缝中拼命挪动无数细腿爬了出来。用手一抓，那浑身油光光胀鼓鼓的虱子的感触让人不寒而栗。有的肥得像蟑螂似的，都能看出吓人的脑袋。

"喂，拉那头！"

一个渔工让人拉着兜裆布另一头，展开抓虱子。

他把虱子扔进嘴里，或用门牙出声地咬死，或用双手的拇指尖对挤，挤得指甲血红血红。然后像小孩洗完脏手在衣服上抹一把那样在短褂底襟一抹，又抓了起来。人们还是睡不着，整夜都被虱子和跳蚤——不知从哪里来的——咬个没完没了。怎么都没办法把它们斩尽杀绝。在这昏暗潮湿的床铺上一站，马上就有几十只跳蚤爬上小腿，以致最后觉得身上某个地方腐烂了，成了招惹蝇蛆的"死尸"，让人心里犯怵。

最初隔一天洗一次澡，身上又腥又脏，一塌糊涂。但一星期后变成三天一次，一个月后一星期一次，最后变成一个月两次。原因是为了不浪费水。

但船长和监工每天都洗，却不说浪费了！这么着，全身沾满蟹沫，一连沾那么多天，不可能不招来虱子臭虫。

解开兜裆布，黑粒纷纷落下。系兜裆布的地方印有红痕，围肚皮红一圈，痒得不得了。躺下后，到处响起"咔咔"抓挠身体的声响。刚觉得身下仿佛有小发条那样的东西痒痒划过，紧接着就咬了一口。每次都使得渔工们扭动身体翻来翻去。但翻过来也一样，一直折腾到早上。皮肤如皮癣一般变得粗粗拉拉。

"虱子咬死我了！"

"噢，正好！"

响起无奈的笑声。

五

两三个惊慌失措的渔工跑过甲板。

在拐角那里一下子没有拐好，打个趔趄抓住栏杆。在餐厅甲板上维修的木工直起腰，往渔工跑去的那边看去。寒风刮出了眼泪，起始没有看清。木工转过脸使劲擤了把鼻涕。鼻涕被风吹成歪线飞走了。

船尾左舷的绞车"咔咔"作响。现在大家都出海了，不可能有人开动。绞车吊着什么东西，摇来晃去。吊东西的钢丝绳在其直线四周缓缓划着圆圈摇晃。

"怎么回事？"

木工心里一惊，再次慌忙转身擤鼻涕。由于风向的关系，鼻涕粘在裤子上，成了黏糊糊的清鼻涕。

"又搞什么鬼！"木工一把接一把用袖口揞着

眼泪，定睛细看。

从这边看去，以仿佛下过雨的银灰色海面为背景伸出的绞车吊臂、被它紧紧缠住身体吊起的杂工黑白分明地浮现出来。杂工在空中一直被吊到绞车顶部，就像吊一块抹布什么的吊了一阵子——足有二十分钟——而后降了下来。杂工扭动身体，似乎在挣扎，双腿像粘在蜘蛛网一样动着。

不久转去眼前餐厅的后面，看不见了，只见绷得笔直的钢丝绳时不时像秋千那样动一下。

大概眼泪流进鼻孔了，鼻涕接连淌出。木工又擤了一把鼻涕。然后拿起挂在体侧口袋的铁锤，开始干活。

木工侧起耳朵一晃儿回过头去，只见钢丝绳像有人在下面摇晃似的晃了晃，"嗵"一声闷响从那里传来。

吊在绞车上的杂工面无血色，死尸一般紧闭的嘴唇吐出泡沫。木工下去看时，杂工长腋下夹一条木棍，正斜着肩以很难受的姿势从甲板往海里小便。木工扫一眼木柴棍，想必是用那东西打的。每当有

风刮来,小便就"哗哗"淋在甲板边缘,又反弹出去。

由于日复一日超常劳作,渔工们早上渐渐起不来了。监工边走边在睡着的渔工耳旁敲空油罐,一直敲到睁眼醒来。患脚气的渔工欠欠脑袋说了声什么。但监工佯装未见,继续敲罐。所以听不清他说什么,只见嘴巴一张一合,活像游到水边换气的金鱼。

"怎么搞的,快、快起来!"敲得差不多了,监工开始吼叫,"既然工作是国家性质的,那么就和战争是同一回事。要豁出命来干!混账东西!"

病人全被掀掉棉被,赶上甲板。患脚气的人脚尖绊在阶梯跌倒了,遂手扶栏杆,斜着身体,用自己的手拎着自己的脚爬上阶梯。每爬一步心脏都像被猛踢一下翻个儿腾起。

监工也好杂工长也好,对待病人全都像对待先房生的孩子,越来越凶狠歹毒。正在做蟹肉罐头时,忽然被撵到甲板上剥蟹壳。刚干不大一会儿,又被派去给罐头贴商标。在地板冰凉、光线昏暗的车间

一边小心脚下一边站立不动时间里，膝盖往下就像碰假肢一样变得毫无知觉。稍不注意，膝盖关节就像脱臼一样软绵绵瘫坐下来。

学生工用剥蟹壳的脏乎乎的手背轻拍脑门。刚一拍，就直接向后歪倒了。这时，旁边一堆空罐头盒发出骇人的声响砸在倒地的学生工身上，继而顺着甲板斜坡往机器下面和货物之间光闪闪滚了过去。同伴们赶紧把学生工领去舱口，不巧碰上吹着口哨走下车间的监工。他一眼瞥见：

"哪个甩手不干了？"

"什么哪个！？"一个不由得火冒头顶的渔工像用肩头冲撞一样脱口而出。

"哪个——？你这个混蛋，再说一遍试试！"监工从衣袋里掏出手枪，当玩具打转摆弄。随后突然把嘴扭成三角形，伸腰似的晃动身体，放声笑道：

"拿水来！"

监工接过满满一桶水，朝着像枕木一样撂在地上的学生工脸上猛泼下去。

"这回好了。这个废物有什么好瞧的，快干

活去！"

第二天早上杂工走下车间时，发现车床柱子上绑着昨天那个学生工，脑袋像被拧伤脖子的鸡头耷拉在胸前。脖颈上端的粗大关节有一节"咔嚓"断了，支露出来。胸前像小孩兜布一样挂着纸壳板，上面明显是监工的字体：

此人说谎装病，禁止松绑。

摸额头，比凉透的铁块还凉。到车间入口前杂工一直七嘴八舌聊天，但这时再也没人开口。听得背后响起杂工长下来的声音，他们从绑着学生工的车床那里分两路拥进各自干活的场所。

捕蟹忙起来后，倒霉事就更多了。有的门牙断了，整个晚上吐"血口水"，有的因过度劳累而在干活当中昏倒，有的眼睛出血，有的被狠打耳光打到耳聋。实在太累了，人们比喝醉酒还不清醒。时间一到，心想这下好了，顿觉天旋地转。

大家开始收工时，监工骂骂咧咧走了过来：

"今晚干到九点！你们这些家伙，收工时倒手脚麻利！"

大家像电影慢镜头那样慢腾腾重新站起，也只剩这点儿力气了。

"知道吗？这里不是能再来两次三次的地方，来也不一定能捕到蟹。要是一天干完十个小时、十三小时就一下子打住，那就太可惜了——工作性质不同。听着，反过来捕不着蟹的时候，叫你们歇个够！"监工下到"粪坑"说道，"老毛子嘛，哪怕鱼在眼前成群结队，也一到时间就甩手不管，一分钟都不多干。就因为都这德性，所以俄国那个国家才那个样子。日本男儿绝不能学他们！"

也有人充耳不闻，心想说的什么呀，这个骗子！但大部分人听监工这么一说，觉得到底是日本人了不起。自己每天遭受的苦难看上去有了一种"英雄色彩"。这点至少让大家感到欣慰。

在甲板劳作时，时常看见驱逐舰穿过水平线向南驶去，舰尾飘扬着日本旗。渔工们激动得热泪盈眶，挥帽致意，以为只有那东西才是向着自己的。

"狗日的，一看见那家伙就出眼泪。"

人们目送其远去，直到越来越小被烟雾罩住不见为止。

累得像抹布一样浑身瘫软回来之后，大家不约而同地大骂"狗日的！"——其实并不针对谁——黑暗中，骂声同带有满腔愤怒的公牛般的叫声大同小异。他们本身不知道骂的是谁，但每天每日住在同一"粪坑"中，差不多有二百人的他们互相粗声大气说话时间里，所想的、所说的、所干的难免趋同起来（尽管变速慢得如蛞蝓在地面爬行）。即使在这同一水流当中，当然也有人沉淀一般原地踏步，也有中年渔工离开拐去另一方向。但是，无论哪一个都是在自己毫无觉察过程中变成那样子的，不觉之间明显分成几伙。

早晨爬舷梯时，从矿山来的汉子说：

"实在熬不住了！"

前一天差不多干到十点，身体像快要报废的机器似的"吱吱呀呀"。爬梯当中都一忽儿睡了过去。因后面"喂喂"催促才不由自主地移动四肢。结果

一脚踩空，就势趴了下去。

干活前全都下到车间，在角落里聚成一堆。哪一张脸都像泥人似的。

"我得磨洋工了，干不下去了。"矿工说。

大家也动了动脸，默不作声。

"大烙铁要上身的啊……"少顷，另一人说。

"又不是耍滑偷懒，是干不动了。"矿工把衣袖挽到臂肘，像要对光细看似的举到眼前。

"活不了几天了，我也不是要耍滑偷懒……"

"说的也是。"

"……"

这天，监工像竖起鸡冠的打架鸡一样在车间走来走去，乱吼乱叫：

"怎么回事？怎么回事？"

可是，磨磨蹭蹭的不止一两个人，到处都是——几乎人人如此——监工只能火急火燎地来回走动。渔工也好船员也好，都是第一次看见这个样子的监工。在上甲板，从网上摘下的无数螃蟹"沙沙"爬来爬去。作业如不通畅的下水道迟迟不得进展。但

是，"监工棍棒"已毫无用处！

下工后，人们用湿漉漉的毛巾擦着脖子，陆陆续续返回"粪坑"。对视时，不由得笑了起来。不知什么缘故，反正好笑得不行。

事情也传到了水手那边。得知自己被当成傻瓜同渔工相互仇视着干活，他们也开始"磨洋工"了。

"昨天狠命干过头了，今天得歇歇了！"

开工时谁这么一说，大家都言听计从。可是，口说"歇歇"，其实也只不过是让身体放松一下罢了。

每个人的身体都不正常了。到了关键时刻，"被迫"反了就是，反正同是一死——这种心情大家都是有的，只是现在就已熬不下去了。

"交通船！交通船！"在下面就能听到上甲板的喊声。人们仍穿那身破烂衣服分别从"粪坑"一跃而起。

渔工和水手比盼"女人"还盼交通船。唯独这艘船没有腥味儿，散发着函馆气息，散发着好几个

月、好几百天不曾双脚踏过的坚实的"泥土"气息。而且，交通船送来了好几封日期不同的信、衬衣、内裤和杂志等等。

他们用带一股蟹腥味的关节突出的手一把抓起，惊慌失措似的向下跑回"粪坑"。然后在铺位上大大盘腿坐下，在腿间打开包裹。里边出来了很多东西：母亲在旁边说而由自己的孩子哆哆嗦嗦写的信、手巾、牙膏、牙签、手纸、衣服。其间意外出来一封妻子的信——信已被压得平平整整——他们想从每一件东西上面嗅出陆地上的"自家"气味：乳臭未干的孩子气味、妻子呛人的肌肤气味。

……
想死我哟，小宝贝儿，
真想让你贴上三分邮票，
把宝贝儿装罐寄来哟！

有人扯着嗓门吼起"斯东小调"。
没有任何东西寄来的水手和渔工，手像棍一样

插进裤袋，踱来踱去。

"怕是你不在的时间里勾引野男人了！"大家嘲笑他们。

也有人不理会大家的吵闹，一再屈起手指沉思什么——交通船送来的信告诉他孩子死了。死两个月了，自己一直蒙在鼓里。信上说连拍电报的钱都没有。那人始终闷声不响，一反常态。

但是，也有人完全相反，信里夹一张胖得宛如泡涨的章鱼的婴儿相片。

"就是他？！"他怪叫一声笑了起来。

还有人嘻嘻笑着故意给每一个人看：

"瞧，这家伙生下来了！"

包裹里有的东西虽不起眼，但那显然是只有细心妻子才会想得到的。这种时候，任何人都会一下子反常地"怦怦"心跳，恨不得马上回家。

交通船有公司派来的电影放映队。把刚刚做好的罐头装进交通船的晚上，蟹工船上放电影。

两三个差不多同样斜戴扁平鸭舌帽、打着蝴蝶结、穿着肥腿裤子的年轻男子，很吃力地提着箱子

来到船上。

"臭、臭！"

他们边说边脱去上衣，吹着口哨拉起银幕，测量距离支起机座。渔工们从这等男子身上感觉出了某种不是"海"的东西、不像自己的东西，那东西强烈吸引着自己。水手们渔工们心神不定地给他们帮忙。

看上去年纪最大、长相俗气、架着宽腿金边眼镜的男子站在稍离开些的地方，擦着脖子上的汗。

"解说员，你站在那里，腿要爬上跳蚤的！"

"哎呀！"解说员像一脚踩上烧红铁板似的跳起身来。

看得渔工们哄然大笑。

"不过这地方可真受不了啊！"声音嘶哑而造作，到底是解说员。"你们可能不知道，这家公司跑到这里这么干下来，你猜赚了多少？可不得了，六个月五百万元，一年上千万！用嘴说一千万，说完就完了，可那很不得了！分给股东两成二分五厘——分这天大红利的公司，全日本没几家。听说

总经理要当国会议员，没得说的！说到底，要是不这么心狠手辣，也赚不了这么多啊！"

入夜。

也是因为同时庆祝"完成一万箱"，清酒、烧酒、鱿鱼干、红烧豆腐、"蝙蝠"烟、糖果分到大家中间。

"喂，上伯伯这儿来！"杂工成了渔工、水手抢着要的香饽饽，"让我盘腿抱抱！"

"危险、危险！到我这儿来吧！"

如此吵嚷了好一阵子。

前排四五个人忽然拍起手来，大家不明所以地跟着拍手。监工走到银幕前面，挺了挺腰，背着手讲了起来。什么"诸位"啦、"在下"啦等平时没用过的字眼蹦了出来。随后老调重弹，无非"日本男儿""国家财富"之类。大部分人充耳不闻，只顾蠕动着太阳穴和下巴嚼鱿鱼干。

"下去，下去！"后面响起吼声。

"你小子快缩回去！不是有解说员的吗！"

"还是拿六棱棍更适合你！"众人大笑。还有人"啾啾"吹口哨，喝倒彩。

监工不便在此发火，红着脸说句什么（吵吵嚷嚷没听见）退了下去。电影开始了。

开头是纪录片。宫城、松岛、江之岛、京都……"咔咔嚓嚓"一个镜头接一个镜头。不时中断。两三个镜头突然重合起来，一时眼花缭乱，却又一下子消失不见，银幕上一片白。

接下去是西洋片和日本片。哪个片子都有伤，"下雨"下得厉害。不少地方还好像断片子接起来的，人的动作颠三倒四。不过这些怎么都无所谓了，大家看得如醉如痴。每当有腰肢诱人的外国女子出现时，人家或吹口哨或像猪一样哼鼻子。有时甚至气得解说员好一会儿都不解说。

西洋片是美国片，拍的是"西部开发史"。或者遭受野蛮人袭击，或者毁于大自然的肆虐，但主人公不屈不挠，把铁路一段段铺向前去。其间一夜建成的"小镇"活像铁路的绳扣。铁路不断推进，小镇也争先恐后出现。那中间发生的种种苦难糅合着一段小工同公司要人之女的"恋爱故事"，一会儿正面推出，一会儿躲去后头。最后镜头出现时，

解说员加大音量说道：

"由于有他们那样无数富于牺牲精神的青年的努力，绵延数百英里的铁路终于大功告成。铁路宛如长蛇越过原野、穿过高山，昨天的荒山僻野，就这样成了国家的财富。"

电影在公司要人之女同不知何时摇身变为绅士的筑路工相互拥抱那里落幕。

其间插映了一部无谓地逗人哈哈大笑的西洋短片。

日本片讲的是一个贫苦少年从卖纳豆、卖晚报开始，后来擦过鞋，又进厂当上模范职工，最后得到提升，成了一大富豪。

尽管字幕上没有，但解说员说道：

"勤奋乃成功之母，此之谓也！"

对此，杂工们报以"真诚"的掌声。但渔工或水手当中有人大声喊道：

"扯淡！真是那样，老子不早就当上总经理了！"

惹得众人大笑不止。

后来解说员告诉大家：

"公司命令我务必在那个地方好好用力反复、反复强调。"

最后放的是公司所属各个工厂和事务所的照片，那里有很多"勤奋"做工的劳工。

电影结束后，大家为庆贺一万箱大喝特喝。

由于长时间没喝了，加上过于劳累，人们醉得一塌糊涂。昏暗的电灯下，吸烟吸得云笼雾绕。空气热辣辣黏糊糊一股酸臭味儿。有人脱光身子，有人缠起头巾，有人大盘腿整个露出屁股，有人这个那个大声对骂，还有人抓打起来。

一直闹到十二点多。

因脚气病而总是躺着的函馆渔工让人把枕头垫高一些，看着大家吵闹。从同一地方来的一个和他要好的渔工靠着身旁柱子，用火柴杆"吱吱"有声地剔着牙缝里塞的鱿鱼干。

过了好一阵子，一个渔工如麻袋似的从阶梯滚了下来，衣服和右手沾满血污。

"柴刀、柴刀！拿柴刀来！"他边叫边在地上爬，

"浅川那个王八蛋跑去哪里了？躲起来了？看我劈了他！"

这个渔工被浅川打过。他拿起炉钩子，眼神一变，再次走了出去。谁也没有阻拦。

"好！"函馆渔工向上看着朋友，"渔工也不能总像木桩子一样傻透气，有好戏看了！"

第二天早上，监工房间从窗玻璃到桌子，全被砸得一塌糊涂，只有监工不知躲在哪里，侥幸没有被砸。

六

一个温和的阴雨天。前一天还在下雨，刚开始停。和阴沉的天空同一色调的雨落在和阴沉的天空一个色调的海面上，不时激起舒缓的圆形波纹。

偏午时分，驱逐舰开来了。得闲的渔工、杂工和水手们靠着甲板栏杆，一边忘我地看着，一边七嘴八舌地聊着驱逐舰。他们觉得新鲜。

驱逐舰放下一只小艇，载着几个军官靠近蟹工船。船舷打斜放下的舷梯下端小平台上站着船长、车间代表、监工、杂工长。小艇横贴过来时，相互举手敬礼，而后船长领头上船。监工扫了一眼，扭起眉毛和嘴角，摆手说道：

"看什么看，去，去去！"

"神气什么啊，混小子！"

后面的人推着前面的人，一个个往车间走了下

去。一股腥臭味留在了甲板上。

"臭啊！"留着漂亮的仁丹胡的年轻军官优雅地皱起眉头。

从后面赶来的监工慌忙跑到前面，说着什么，一再低头。

大家从远处看着带装饰穗的短剑走一步打在屁股一下，又反弹起来。他们认真讨论哪个比哪个厉害或哪个没哪个厉害。最后几乎争吵起来。

"那一来，浅川也不成样子啊！"

有人模仿监工点头哈腰的模样，大家放声大笑。

这天，监工和杂工长都不在，大家干得很开心。或者唱歌，或者隔着机器高声交谈。

"要是让咱们这么干活，该多好啊！"

收工后，大家上到甲板。经过餐厅时，听得里面有人喝醉了，肆无忌惮地吆五喝六。

侍役走了出来。餐厅里吸烟吸得乌烟瘴气。

侍役兴奋的脸上汗珠一个个直往外冒。他两手满满拿着空啤酒瓶，用下巴指一下裤子口袋。

085

"擦把脸！"他说。

渔工一边掏手帕给他擦汗，一边看着餐厅问：

"干什么呢？"

"啊，可不得了，你猜他们大吃大喝聊的什么？女人的那个东西怎么怎么样啦！弄得我都跑一百趟了。农林省的官员一来就醉，醉得差点儿掉下舷梯！"

"来干什么？"

侍役表示不知道，赶紧朝厨房跑去。

渔工们正在吃饭，米饭干巴巴一粒是一粒，筷子几乎夹不起来，咸滋滋的大酱汤浮着几片纸屑样的菜叶。

"餐厅里满桌满席的，全是咱们吃没吃过看没看过的西餐啊！"

"活见鬼！"

桌旁墙上贴着一张纸单，字写得很差，字旁标有发音假名：

一、抱怨饭菜，难成大器。

二、粒粒血汗，务必珍惜。

三、吃苦耐劳，克己奉公。

底端空白处胡乱写着公共厕所里的那类脏话。

饭后到躺下的一点点时间里，大家围着火炉闲聊。因为来了驱逐舰，就聊起了军队。渔工里面有很多秋田、青森、岩手的庄稼汉，一聊军队就莫名其妙地走火入魔。他们不少人当过兵，如今反倒怀念当时受尽虐待的军队生活，这个那个想起很多。

都躺下后，餐厅里的吵闹声突然从甲板和船舷传了过来。偶然睁眼醒来，听见有人说"还在喝呢！"岂不快天亮了？有人——可能是侍役——在甲板上走来走去，鞋后跟声"嗑嗑"响个不停。实际上也一直闹到天亮。

尽管这样，军官们好像还是回驱逐舰去了，舷梯仍放下没收，有五六阶沾有饭粒、蟹肉等黏糊糊的褐色呕吐物，一塌糊涂，一股腐烂的酒气味直冲

鼻孔，让人一阵阵反胃。

驱逐舰如收起翅膀的灰色水鸟微微——轻微得几乎看不见——摇晃身体漂浮着。看上去仿佛整个身体仍在贪睡。烟囱里冒出一缕比香烟的烟还细的青烟，如一缕毛线升上无风的天空。

监工和杂工长到中午也没起来。

"胡作非为的畜生！"人们一边干活一边嘟囔。

厨房角落山一样堆着胡吃海塞后的空罐头和啤酒瓶。到了早上，就连自己拿来的侍役本人都吃了一惊：居然吃了喝了这么多！

由于工作关系，侍役对渔工和水手根本无法窥知的船长、监工、工厂代表等人赤裸裸的生活了如指掌。同时，也能对比得知渔工们的悲惨生活（监工一喝醉就把渔工叫作"猪们"）。平心而论，上面的人傲慢无礼，为了赚钱而满不在乎地玩弄诡计为非作歹。渔工和水手们只能乖乖就范——这很让人看不下眼。

侍役总是心想，一无所知的时候还算好的。如今他当然觉得自己知道什么事情将要发生或可能不

发生。

两点左右，船长和监工等人身穿因为叠得糟糕而有种种褶痕的衣服，让两个船员拿着罐头，乘机动船往驱逐舰赶去。在甲板上摘蟹的渔工和水手们并未停手，像看出嫁队伍似的看着他们。

"天知道又要搞什么名堂！"

"我们做的罐头，简直连揩屁股纸都不如！"

"不过嘛……"一个刚过中年的左手只有三指的渔工开口道，"特意跑到这种地方保护咱们，也算可以的了，是吧？"

这天傍晚，不知不觉之间驱逐舰烟囱开始一团团冒烟。甲板上水兵来回急奔。大约过了三十分钟，驱逐舰开动了。舰尾旗迎风猎猎作响。蟹工船上，船长领头齐呼"万岁"。

晚饭过后，侍役下到"粪坑"来了。大家正围着火炉说话。也有人站在昏暗的电灯下从衬衣上抓虱子。每次从电灯下走过时，都有大大的身影斜投在烟熏火燎的船舱漆墙上面。

"军官和船长、监工说，下次要偷偷去俄国领

海捕捞了。所以驱逐舰才接连不断地守在旁边。好像花了很多这个（用拇指和食指做成圆圈）。

"听他们的说法，这好像到处是金银财宝的勘察加库页岛一带，迟早都要成日本的了。就是说，日本的那个不仅仅是中国和满洲，这边也是少不得的。而且，这里的公司要和三菱什么的一起去巧妙地鼓动政府。总经理往下要是当上国会议员，想必更要大干一场了。

"所以嘛，说是驱逐舰是来保护蟹工船的，但目的无论如何不仅仅是这个，详细测量这一带的海域、库页岛、千岛周围和调查气候，反而是主要目的，以便万无一失地对付万一出现的那个。这大概还是秘密：千岛最边缘的岛上，已经有大炮和柴油悄悄运了上去。

"我刚听见时吃了一惊，但后来一想，日本过去哪一场战争归根结底都是在两三个富豪（大富豪）的指使下打起来的，动机倒是这个那个说得天花乱坠。恨不得把有利可图的地方马上据为己有，急得东奔西窜，那帮家伙。可得当心！"

七

绞车"嘎嘎"作响，作业船降落下去。下面正有四五个渔工等着，把下降的作业船推向甲板外侧——绞车吊臂不够长——使之能下到海面。常出危险。破船上的绞车如得了脚气病的膝盖关节一样滞涩。有时卷动钢丝绳的齿轮出了毛病，致使钢丝绳突然斜伸下来。作业船就好像熏鲱鱼，整个打斜悬空。那时，下面的渔工很容易发慌受伤。这天早上就是如此。有人叫道"啊危险！"作业船正从头顶砸下，下面渔工的脑袋像木橛似的进了胸腔。

渔工们把他扶到船医那里。渔工里面如今明确认为监工他们是"畜生"的几个人要求船医写"诊断书"。监工毕竟是披着人皮的毒蛇，肯定百般刁难。抗议时诊断书是少不得的。船医比较同情渔工和水手们。

"在这船上，同工作受伤患病相比，被抽伤打伤或打出病的要多得多啊！"船医吃惊地说。还说一定——一写在日记里作为日后证据。所以，他对患病或受伤的渔工、水手还算客气。

一个渔工提出写诊断书。

起始他显得意外：

"这、诊断书嘛……"

"照实写就可以的……"

船医犹豫不决。

"在这船上，是不让写那个的，倒像是擅自定的规矩……怕日后啰唆。"

急性子结巴渔工哑了一下舌："臭！"

"上次被浅川君打聋的渔工来时，理所当然给写了诊断书，不料惹了大麻烦——对浅川君来说，那永远是个证据，作为他……"

他们走出船医室，思忖到了这个地步，即使船医也不再是自己人。

"不可思议"的是，那个渔工好歹保住一条命。命是保住了，但即使大白天也动不动就给什么绊

倒，躺在黑乎乎的角落里，大家一连多少天听他呻吟不住。

等到他开始好转、呻吟声不再让大家难受时，先前一直躺着的患脚气病的渔工死了，才二十七岁。东京日暮里一家中介公司介绍来的，一起来的有十多个人。但是，监工说怕影响第二天工作，只让没有上工的"病号"为他"守灵"。

解开衣服准备为他清洗身体时，身上发出一股令人作呕的臭味儿。触目惊心的雪白雪白的扁平虱子慌慌张张接连跑了出来，浑身上下沾满鱼鳞形污垢，简直就像倒地的松树干，胸部肋骨一根根突起。因为脚气病严重后行走不便，所以小便什么也好像原地拉撒，四下臭气熏天。兜裆布和衬衣也变成了酱红色，用手一抓，像被泼了硫酸似的，险些"哗啦啦"抓成碎片。肚脐凹坑满是垃圾污垢，脐眼看不见了。肛门周围粪已干了，如黏土附在上面。

"不想死在勘察加"——听说他临死时这么说来着。可是，他咽气时身旁说不定没人看护。在这勘察加，有谁能咽这口气呢？想到他那时的心情，

渔工们有人失声痛哭。

"够可怜的啊！"去领清洗身体用的热水时厨工说道，"多拿些去，身体怕是脏得够呛！"

拿热水回来路上，碰见了监工。

"往哪里拿？"

"清洗尸体。"

"别浪费！"监工好像还要说什么，走了过去。

回来后，那个渔工气得浑身发抖：

"那时候恨不得一下子把热水泼到那家伙脑袋上去！"

监工一再转来察看人们的反应。大家已下定决心：哪怕明天打瞌睡也好，干活站不稳脚也好，"磨洋工"也好，也要一齐守灵！

八点左右，终于大体准备就绪。大家点上香和蜡烛，坐在他跟前。监工到底没来。船长和船医也还是来坐了一个来小时。只言片语记得经文的渔工在大家的劝说下——"反正心意到了就行"——念起经来。念经时间里，一片寂静。有人开始抽泣。快结束时，又有好几个人抽泣起来。

念完经，人们一一上香。然后东一堆西一伙散坐开来。从同伴的死聊到自己的生——细想之下，生也不过是苟延残喘罢了。船长和船医回去后，结巴渔工走到尸体旁边立有香和蜡烛的桌子那里。

"我不会念经，没办法用念经来安慰山田君之灵。但我仔细想来着，知道山田君是多么不愿意死。不，说实在话，他是多么不愿被杀死！山田君的确是被杀死的。"

听的人像被镇住似的鸦雀无声。

"那么，是谁杀死他的？不说也都知道！我也不能用念经来安慰山田君之灵。但我们可以找杀死山田君的人复仇来安慰山田君的灵魂。我想现在正是我们对着山田君之灵宣誓的时候……"

"说的是！"最先应声的是水手们。燃香的气味像香水或像什么似的在充满蟹腥味和人的热气的"粪坑"中飘荡。到了九点，杂工们回去了。由于疲劳，打瞌睡的人就像装满石头的麻袋一样怎么也站不起来。不大工夫，渔工们也一个又一个睡了过去。起浪了，船每摇晃一次，蜡烛火苗都细得几乎

熄灭，又转而亮了起来。盖在尸体面部的白布险些晃掉。若只盯视那里，不禁让人毛骨悚然。船舷响起波浪轰鸣。

第二天早上干到八点多的时候，监工指派四个水手和渔工走了下去。让昨晚念经的渔工念经之后，四人加三四个病号把尸体装入麻袋。麻袋本来有很多新的，但监工说用新的马上扔进海里太浪费了，不许用。至于香，船上早已没现成的了。

"真是可怜，这样子怕是真不想死的啊！"

渔工一边安放怎么也弯不了的胳膊，一边把眼泪洒进麻袋。

"不行不行，洒上眼泪……"

"不能想办法带回函馆吗？……喏，看他的脸，不是在说不愿意进到勘察加冰冷的水里么？扔到海里去，太凄凉了……"

"即便同是海，可这是勘察加。到了冬天——九月一过就一艘船也没有了，冰封海面，北边的北边的最北边！"

有人"呜呜"哭出声来。

"这还不算，只六七个人这么装袋子，本来有三四百人！"

"我们死了也没个正经待遇啊……"

大家求监工休息半天——哪怕半天也好——但因为昨天开始的蟹汛，监工不准，说不能以私废公。

"好了吧？"监工从"粪坑"棚顶探脸问。

"好了。"他们只好回答。

"那么，搬！"

"可船长先要致悼词的嘛！"

"船长？悼词？"监工嘲笑似的说，"傻瓜蛋，哪有那个闲工夫！"

是没有闲工夫了。甲板上螃蟹堆积如山，蟹爪"沙沙"挠着甲板。

结果，三下两下搬了出来，像抬鲑鱼包或鳟鱼包那样随便装进船尾的机动船上。

"行了吧？"

"好了……"

机动船"啪啪嗒嗒"发动起来，船尾海水卷起漩涡，浪花四溅。

"那么……"

"走好！"

"再见！"

"够凄凉的了，忍一忍吧！"有人低声说。

"那么，拜托了！"

蟹工船的渔工拜托机动船上的人。

"嗯，嗯，知道了。"

机动船往海湾方向驶去。

"走好啊！"

"就这么走了！"

"好像看见他在麻袋里说不想走、不想走……"

渔工们出海回来听说监工的"草率"处理。没等发火，他们先打了个寒战：仿佛自己、成了尸体的自己被同样踢进黑不见底的勘察加海里。人们什么也说不出，陆陆续续直接走下舷梯。"明白了，明白了！"——一边嘴里嘟嘟囔囔，一边脱掉给盐水打湿的短褂。

八

表面上毫无变化，但神不知鬼不觉地放慢了干活动作。监工大声咆哮也好，一路抽打也好，大家都"老老实实"不作声。如此隔一天重复一回（起初倒是战战兢兢）。"磨洋工"便是这样坚持下来。水葬发生之后，步调更加整齐了。

本来干活最吃不消的就是那个已过中年的渔工，而他却对"磨洋工"面露难色。但内心（！）又觉得甚是不可思议：原来担心的事并未发生。当他发觉"磨洋工"反倒顶用后，便也按年轻渔工们说的那样磨蹭起来。

伤脑筋的是作业船的船老大。他们对作业船负有全责，介于监工和普通渔工之间，一旦"捕捞量"有问题，马上遭到监工的责骂。所以他们再难受不过。终归，只有三分之一"无奈地"站在渔工一边，

剩下的三分之二算是监工的小"分店"——小小的零头。

"累当然累的，毕竟不能像工厂那样按部就班地工作。对象是活物，螃蟹不肯按时出来让人捕捞它们，也是没办法的事。"——简直就是监工的留声机。

发生了这样一件事。人们在"粪坑"里睡前聊什么时意外聊跑题了，跑得很远。当时船老大无意间说了句大话。虽然不是了不得的大话，但一个"普通"渔工顿时发火了。发火的渔工多少有些醉了。

"你说什么？"他忽然一声怒吼，"你算什么东西，最好别抖什么威风！出海时我们四五个把你推到海里去，那可是小菜一盘，你就一切玩儿完。这可是勘察加，你怎么死的，谁能知道！"

从来没人这么说话，而此刻有人粗声大气吼了起来。谁都没有应声。刚才说的其他话题也断得利利索索。

不过，这种话并不仅仅是一时兴起的虚张声势，它以始料未及的巨大力量从背后将以往只知道

"屈从"的渔工们推了个跟斗。渔工们起始不知如何是好，不知道那是不曾意识到的自身力量。

那种事"我们"能做到吗？当然能做到。一旦明白过来，往下就成了神奇的吸引力，反抗情绪陡然深入人心。过去受过的百般虐待和压榨，在这方面反而成了再好不过的基础。这样一来，监工又算得了狗屁！大家心情舒畅。有了这样的心情，就像无意中打开手电筒，自身蛆虫般的生活即刻历历在目。

"神气什么，王八蛋！"——这句话在人们中间流行开来。一有什么就脱口而出。不过，神气的王八蛋，渔工里可是一个也没有。

类似的事发生不止一两次。每次都使得渔工们"明白"过来。如此持续时间里，渔工们中间出现三四个总是被大家推向前台的固定人选。那不是某个人决定的，实际上也并不固定。只是，每当发生什么又必须处理的时候，那三四个人的意见总是和大家一致，于是大家也跟着行动。两个学生工、结巴渔工、"神气什么"渔工就是这样的人。

学生工整个晚上趴在铺上，不断舔着铅笔往纸上写什么。那是学生工的"提案"：

提案（责任人表）

A	B	C
两个学生工	杂工一人	按籍贯分组，各选 一名组长
结巴渔工	作业船二人	作业船每条二人
"神气什么"	水手一人	
炉工一人	全体水工、火炉工	

A————→ B————→ C ←———全体

←——— ←——— ————→ 人员

学生工十分自信地解释说：无论 A 出事还是 C 出事，都能比电流还要迅速地、万无一失地作为"整体问题"处理。提案大体定了下来，尽管实行起来没那么容易……

"想活命的，过来！"这是学生工得意的宣传

口号。他还拿毛利元就①折箭故事和大概在内务省看过的"拔河"海报作例子。"只要咱们有四五个人，把一个船老大扔进海里就是小菜一盘，振作起来！"

"一个人对一个人不行，危险。但是，那边从船长到什么都算上也不够十个。咱们这边将近四百！四百人团结起来，一切不在话下！十人对四百人！想摔跤，那就摔摔看！"最后来了一句，"想活命的，过来！"无论"笨蛋"还是"醉鬼"，全都晓得自己被迫过着半死不活的日子（实际上也有同伴就在眼前被折磨致死）。何况迫不得已接连搞的"磨洋工"意外见效，所以对学生工和结巴说的全都听了进去。

机动船被一星期前的风暴损坏了螺旋桨，杂工长下船和四五个渔工上岸维修。回来时一个年轻渔工偷偷带回了很多以日本字印制的"赤化宣传"小

---

① 毛利元就：（1497—1571）日本战国时期名将。传说他临终前将三个儿子叫到跟前，叫他们分别将一支箭折断。之后又让他们将三支箭绑在一起折，结果谁也折不断。以此开导三个儿子团结起来，共同御敌。

册子和传单，还介绍说"很多日本人在干这个"。劳动时间长啦，公司大发横财啦，游行示威啦，上面这个那个写了很多。大家来了兴致，相互传阅或议论缘由。但也有人对上面写的内容反而有抵触情绪，觉得"日本人"很难干出这么可怕的事。

不过也有渔工拿着传单来问学生工：

"我倒是以为这是真的。"

"是真的，虽说口气大些。"

"嗯，要是不这么干，浅川的脾性怕也改不了。"对方笑道，"再说他们更得折磨咱们，这么干天经地义！"

渔工们虽然口说"不得了"，但都对"赤化运动"有了好奇心。

起风暴的时候也是这样。雾大了，船就不停地拉响汽笛呼唤作业船。牛吼般扩散开来的笛声在水一样浓浓笼罩的大雾中一连响一两个小时。尽管这样，还是有作业船赶不回来。不过那时候也有人嫌活计太苦而故意装作迷失方向漂去了勘察加。秘密漂流时有发生。自从进入俄国领海捕捞之后，只要

事先看准陆地方向，这种漂流意外容易。他们当中也有人听来了"赤化"情况。

公司对雇用渔工始终小心翼翼。委托招工地的村长和警察署长找来"模范青年"。挑选对工会不感兴趣的听话劳工，自以为做得"万无一失"！然而，蟹工船上的"工作"恰恰相反，正要将那些工人团结组织起来。哪怕再"万无一失"的资本家也没觉察这一不可思议的动向。具有讽刺意味的是，正是资本家招来的人教给大家如何将无可救药的"醉鬼"劳工专门集中团结起来。

九

监工开始慌了。

同汛期即将过去的往年相比，捕蟹量明显减少。问其他船，成绩好像比去年还好。落后了两千箱。监工心想，这回可不能像以前那样"菩萨心肠"了。

监工决定移动母船位置。他不断让人窃听无线通讯，即使其他船下的网也不管三七二十一猛拉上来。南下二十海里后拉起的第一网上，螃蟹黑压压挂满了网眼，分明是 ×× 号船的。

"托你的福！"监工一反常态地拍着无线报务员肩膀。

有时正拉网时被发现了，机动船就一溜烟狼狈逃窜。由于碰上就拉其他船的网，劳动量直线上升。

稍有磨洋工者，发现即施以红烙。

结伙磨洋工者，做勘察加体操。

作为处罚扣减工资，

回函馆后移交警察。

倘对监工稍有反抗表示，应作好被枪毙准备。

浅川监工

杂工长

　　这张大大的告示贴在车间入口。监工始终带着子弹上膛的手枪。"示威"似的在正干活的大家头顶冷不防瞄准海鸥或朝船上什么地方开上一枪。看见渔工们吓一跳，就嘻嘻奸笑起来。他无非要给大家一种恐惧感：说不定因为什么而被"真的"枪毙。

　　水工、炉工也被彻底动员起来，任意驱使。船长对此也大气不敢出。船长只要甘当"牌位"，就算圆满尽职。以前就有过这样的事：监工强烈要求船长把船开进俄国领海内捕捞，船长出于作为船长

的"公务"立场，坚持说不能侵犯领海。

"随你便！""不求你了！"说着，监工他们自己朝俄国领海转舵。不料被俄国监视船发现了，追来盘查。监工上言不搭下语，"怯懦"地临阵逃脱。

"作为船，理应由船长应对发生的一切……"监工蛮不讲理地委过于人。所以需要这个牌位。仅此即可。

事件发生之后，船长几次想把船开回函馆。但掣肘的力量——资本家的力量到底掌控着船长。

"这船整个都是公司的，明白？"监工哈哈大笑。他把嘴扭成三角形，挺直腰板，放肆地大笑不止。

一回到"粪坑"，结巴渔工马上仰面躺倒。遗憾，实在太遗憾了。渔工们都可怜巴巴地看着他和学生工们，但已累得一塌糊涂，话都说不出来了。学生工策划的组织也成了一张废纸，无济于事。尽管这样，学生工仍相当有精神。

"遇上什么就会弹起来。关键是要把那个什么好好抓住才行。"学生工说。

"这样还弹得起来吗？"开口的是"神气什么"

渔工。

"'吗'什么啊,傻瓜,这边人数多,用不着怕。再说,那些家伙越是胡作非为,眼下大家越是窝火,憋呀憋呀肚子憋满了怨恨,比火药还厉害——咱们靠的就是这个。"

"打算倒是不错,""神气什么"环视"粪坑",发牢骚说,"有那样的家伙吗?哪个、哪一个都……"

"要是我们先发起牢骚,那可就完蛋了!"

"瞧,有精神的只你一个!下次再惹事试试,命都搭上!"

学生神情黯淡下来,说道:

"那是啊……"

监工领手下人夜里转来三次。一看见三四人扎堆就大声呵斥。这还嫌不够,又让手下人秘密睡在"粪坑"。

"锁链"出现了,区别只是肉眼看不见罢了。人们每次走动,实际上都有粗大的锁链重重拖着手脚。

"老子肯定被弄死！"

"嗯，是啊，知道反正一死，到时动手就是。"

"傻瓜！"芝浦来的渔工从旁怒喝，"知道一死？傻瓜，什么时候、什么时候死？眼下不就在死吗？一点一点地。那些家伙嘛，狡猾着呢！手枪随时带着，马上就能开枪，可他们才不干那种蠢事呢，那是'招数'！知道吗？杀了咱们，吃亏的是他们自己。目的——真正的目的是让咱们死命苦干，把咱们放在榨油机上'吱嘎吱嘎'榨干，狠狠赚钱。咱们每天都在被这么压榨。是吧？这么敲骨吸髓。我们的身子简直就像蚕吃的桑叶一样被吃掉。"

"正是！"

"什么正是不正是的？"他把烟头上的火抖落在厚掌心，"等、等着瞧，畜生！"

越往南下，小个头母蟹越多，于是把位置向北移动。为此逼着大家加班，后来总算稍微早些收工了（难得有这么一回）。

人们下到"粪坑"。

"没精神啊！"说话的是芝浦渔工。

"瞧，瞧我的腿，哆哆嗦嗦，梯子都下不来了。"

"可怜！都这样了还拼命干。"

"说谁呢？没办法的嘛！"

芝浦笑道：

"被弄死时也没办法？"

"……"

"这样下去，你也就再活四五天吧。"

话音刚落，对方忽然沉下脸，扭歪发黄浮肿的半边脸颊和眼睑，默默往自己的铺位走去。他把膝盖往下的小腿提到床沿，立起手掌敲打关节。

芝浦在下铺一边说一边挥手，结巴晃动身子附和。

"……跟你说，就算有钱人出钱造了船，没有水手和炉工也是动不了的，对吧？螃蟹在海底有好几亿。就算有钱人出钱作了很多准备，让船开到这里，可要是没咱们干活，一只螃蟹也进不到有钱人怀里。跟你说，咱们在这里干了一个夏天，到底有多少钱进来？可有钱人光这一艘船就能净赚四五十万！你说，那钱是从哪里来的？无中生有！

知道吗？那可全是咱们卖的力气。所以嘛，别像个快要死的人似的哭丧着脸，要昂首挺胸才行！说千道万，不骗你，是他们害怕咱们。别提心吊胆的！

"没有水手和炉工，船就寸步难移——没有工人劳动，一分钱都进不了有钱人腰包！刚才说的买船的钱，购置设备的钱和出海的钱，同样都是榨取其他劳工的血汗赚来的，也是从咱们身上榨的钱！没咱们就没他们……"

监工走了进来。

大家有些惊慌，开始窃窃私语。

十

空气如玻璃一般冰冷，清澈得一尘不染。两点天就已经亮了。勘察加的山峦闪着紫金色的光，以高出海面两三寸的高度沿地平线向南绵延开去。海面泛起微波细浪，每一道波浪都分别沐浴着一缕晨晖，闪着天亮时特有的寒光。聚起、散开，又聚起、又散开，每次都交相闪烁。海鸥的叫声（不知在哪里）只有叫声传来。清爽，寒冷。货堆上盖的油毡布不时扑打一下。不觉之间，风刮了起来。

一个渔工像稻草人似的一边往短褂袖子里伸胳膊一边爬上阶梯，从舱口探出头来。探出头的他发抖似的叫道：

"啊，兔子跑起来了——大风暴要来了！"

海面起了三角形波浪。熟悉勘察加海的渔工一眼就看出来了：

"危险，今天怕要歇工！"

一小时之后。

往下放作业船的绞车底下，这里那里分别聚集了七八个渔工。哪条作业船都悬在半空摇来晃去。渔工们侧着肩膀看海交谈。

时间又过了一小会儿。

"不干了，不干了！"

"管他那么多！"

大家好像正等哪个人挑头说这句话，随即肩碰肩说道：

"喂，回去！"

"嗯。"

"嗯、嗯！"

一个渔工以愁苦的眼神向上望着绞车，犹豫地说：

"可是……"

他刚迈步，肩膀被人猛地戳了一下：

"不想活，就自己去好了！"对方恨恨地说。

人们一齐移步。有人小声说："真不要紧？"

另有两三个人犹犹豫豫放慢脚步。

另一台绞车下面也有渔工站着不动。发现二号作业船一伙人朝这边走近，他们马上明白过来，四五人挥手喊道：

"不干了，不干了！"

"好，不干了！"

两伙合在一处，顿时来了精神。拿不定主意的两三个渔工仿佛晃眼睛似的看着这边，停住脚步。大家在五号作业船那里再次会合。落后的渔工见了，嘟嘟囔囔跟了上来。

结巴渔工回头大声招呼：

"提起精神来！"

渔工们像滚雪球一样越聚越大。学生工跑前跑后跑个不停：

"注意啦，别掉队！千万！不用怕，不用怕了！"

围坐在烟囱旁边整理缆绳的水手们起身大叫：

"怎么回事？喂——"

大家朝那边挥手，"哇"一声回应。在从上边往下看的水手们眼里，仿佛一片摇摆的树林。

"好咧，不干哪家子活了！"

水手们赶紧收拾缆绳：

"就等这一天呢！"

渔工们也看在眼里，又"哇"一声叫了起来。

"先回粪坑去！"

"回粪坑。太不像话了，明明知道要起大风暴还让出船，刽子手！"

"想要咱们的命，休想！"

"这回可要教训教训他！"

人们几乎一个不少地返回粪坑。其中也有"迫不得已"跟来的。

看见大家"扑扑通通"拥了进来，在昏暗处躺着的病人惊讶地欠起木板一样的上半身。听得原因，病人眼看着沁出泪水，连连点头称是。

结巴渔工和学生工顺着机舱绳梯般的舷梯往下走去。一来走得急，二来不习惯，好几次踩空，勉强用手抓住扶手。里面锅炉热气蒸腾，光线幽暗。两人很快浑身冒汗。他们走过锅炉上面的铁隔板，又下了一段扶梯。下面有人高声说话，"嗡嗡"发

出回响。两人胆战心惊，感觉就像第一次下到地下几百尺同地狱无异的竖井。

"这活计也够受的啊！"

"那是。像要再被拉到甲板上剥、剥螃蟹什么的，活活要命！"

"不怕的，炉工也是咱们一伙的！"

"嗯，不——怕！"

他们顺着扶梯从炉身旁走下。

"热，热，太热了，人都要成熏制品了！"

"不是开玩笑，现在还没生火都这么热，生火就更不用说了！"

"嗯，是啊，那怕是的。"

"过印度洋时，三十分钟一换班，那还烤得人浑身瘫软。听说一个一等轮机手不小心责怪一句，被用铁铲打得皮开肉绽，最后被锅炉烧得干干净净。那也怪不得谁啊！"

"唔……"

锅炉前有一堆清出的煤渣，上面好像浇了水，"呼呼"冒灰。旁边半裸的炉工们一边吸烟，一边

抱膝说话。昏暗中看去，和蹲着的大猩猩一模一样。煤库门半开着，里面冷飕飕黑漆漆的，甚是吓人。

"喂！"结巴招呼道。

"谁？"炉工往上看。

"谁——谁——谁——"三个"谁"回响开来。

就在这时，两人走了下来。看清是两个人，一人大声问：

"没走错路吧？"

"罢工了！"

"罢什么罢？"

"罢工的罢，罢工！"

"太好了！"

"是吗？那就把火烧得旺旺的，直接回函馆怎么样？有趣有趣。"

结巴心想这下好了。

"好，大家拧成一股绳，找畜生们说理去！"

"好、好！"

"光说好好不行，这就得干、干！"学生工插嘴。

"是吗是吗，抱歉。干、这就干！"炉工搔着

被煤灰弄白的脑袋说。

大家笑了起来。

"你们这里靠你们了，要整个拧成一股！"

"明、明白，放心！早就想狠狠揍他们一顿了，没人不想。"

炉工这边就此敲定。

杂工们全被领来渔工这里。不到一个小时，炉工和水手也加入进来。全体在甲板集合。"要求事项"由结巴、学生工、芝浦、"神气什么"商定，准备当众向他们提出。

监工他们得知闹起来之后，一次也没有露面。

"奇怪啊！"

"是啊，奇怪。"

"就算有手枪，这一来也不顶用了吧！"

结巴渔工爬上高出些的地方，大家鼓掌。

"弟兄们，这天终于到来了！我们等了很长、很长时间。即使被折磨得半死也还在等。现在，看，终于等来了。

"弟兄们，首先第一条，我们必须齐心合力，

无论发生什么都不能出卖同伴。只要做到这点，捏碎那帮家伙就比捏碎蝼蛄还容易！第二是什么呢？弟兄们，第二也是齐心合力，不能让一个人落在后面，不能出叛徒，不能出内奸，一个也不能出！一个内奸就能断送三百条性命，这点必须牢记。一个内奸……（"明白、明白！""放心好了！""别担心，放手干！"）

"我们的交涉能不能制服那些家伙，能不能完全尽职尽责，全赖弟兄们团结的力量！"

接着，炉工代表站起、水手代表站起。炉工代表讲起平时一次也未讲过的话来，以致自己一下子卡住。每次卡住都满脸通红，或拉一下劳动服底襟，或把手伸进磨出的衣洞，一副尴尬的样子。大家看出来后，跺着甲板哄笑。

"我就不再讲了。不过，弟兄们，可要狠狠收拾他们！"说罢，走下台来。

人们故意异常热烈地鼓掌。

"只讲这句就行了嘛！"后面有人打趣。

人们再次哄堂大笑。

讲话的炉工一身大汗，汗出得比三伏天手拿烧锅炉的长柄铁铲时还厉害，脚都站不稳了。下来时问同伴：

"我讲什么来着？"

"不错，不错。"学生工拍着他肩膀笑道。

"就怪你，本来有别人，偏偏让我……"

"大家好！我们就等今天这个日子的到来。"台上站的是个十五六岁的杂工。"谁都知道，知道我们的伙伴在这蟹工船上遭了多少罪，多少次被打得半死。到了夜晚，我们时常裹着薄被想着家人哭泣。问问聚在这里的杂工好了，甚至哭个通宵，没通宵哭过的人一个也没有。这还不算，身上没有新伤的人同样一个也没有。这种活再连干三天，肯定有人死掉。大凡多少有点钱的人家，我们这个年龄的人都还在上学和无忧无虑地玩耍，可我们在这么远……（声音哽咽，断断续续。四下窒息般寂静。）但是已经可以了，不要紧了，在大人的帮助下，我们能够找那些家伙报仇了……"

掌声如暴风骤雨响了起来。中年渔工一边拼命

鼓掌一边用粗指尖轻擦眼角。

学生工、结巴手拿写着大家名字的誓约书走来走去让大家按指印。

两个学生工、结巴、"神气什么"、三名水手带着"要求事项"和"誓约书"前往船长室，大家在门外示威。一来由于不像陆地上那样住处分散，二来因为事先已经做好工作，所以进行十分顺利，大家难以置信地抱成一团。

"奇怪啊，怎么不露鬼脸了呢？"

"还以为他要狗急跳墙，拿那把宝贝手枪开火呢！"

三百人在结巴带领下，齐声三呼"罢工万岁"。

"监工那个混蛋，给这声音吓得发抖了吧？"笑罢，学生工闯进船长室。

监工一只手拿着手枪迎接代表。船长、杂工长、工厂代表等人看样子刚刚商量好什么，就以那个架势等候代表们。监工显得泰然自若。

他们刚一走进，监工奸笑道：

"真行啊！"

外面三百人紧挨紧靠地大声呼喊，"咚咚"跺脚。监工低声说了句"讨厌的家伙"，似乎没放在心上。听罢代表激动的陈述，草草扫了几眼"要求事项"和三百人的"誓约书"。

"不后悔吗？"监工慢条斯理——慢得让人扫兴——问道。

"王八蛋！"结巴大吼一声，像要一拳砸烂监工的嘴脸。

"是吗，那好，是不后悔喽！"稍后换了个语调，"那么听着，听清楚，等不到明天早上就给你们体面的答复。"

说时迟那时快，芝浦一把打掉监工的手枪，抢起拳头朝监工嘴巴打去。监工吃惊地捂脸。就在那一瞬间，结巴抄起蘑菇形圆椅朝他腿上横砸过去。监工撞翻了桌子，一下子歪倒在地。桌子四脚朝天压在他身上。

"体面的答复？混账东西，装什么糊涂！这可是生死问题！"

芝浦剧烈晃了晃宽厚的双肩。水手、炉工和

学生工把两人拉住。船长室窗玻璃没好声地碎了。刹那间，窗外清楚传来越来越大的喊声："宰了他！""杀了他！""干掉他！"不知何时，船长、杂工长和工厂代表一起缩在房间角落，呆若木鸡，面无血色。

渔工、水手和炉工们砸开门，雪崩一般拥了进来。

偏午时分，海上起了大风暴。到了傍晚，渐渐平静下来。

原以为"打倒监工"这样的事无论如何都不可能，不料用自己的"手"打了个漂亮仗。平时装腔作势用来吓人的手枪也没有开火嘛！大家兴奋地七嘴八舌。代表们碰头商量下一步各种对策。如果不给"体面的答复"，就让他们"等着瞧！"。

天色微黑的时候，在舱口放哨的渔工发现驱逐舰来了，慌慌张张跑进"粪坑"。

"糟了！！"一个学生工如弹簧一样跳起身来，脸色眼看着变了。

"别弄错了！"结巴笑出声来，"把咱们的处境

和立场，加上要求详细讲给军官们争取援助，反倒有利于解决这场罢工。这是明摆着的事。"

其他人也表示同意："是那样的。"

"那是咱们帝国的军舰，理应站在国民一边。"

"不、不……"学生工摆手道。看样子受惊不小，嘴唇颤抖，说不成话。

"站在国民一边？……不不……"

"傻瓜！军舰不站在国民一边？哪里会有这样的道理？！"

"驱逐舰来啦！""驱逐舰来啦！"人们的兴奋彻底淹没了学生工的语声。

大家一窝蜂从"粪坑"跑上甲板，忽然齐声大喊："帝国军舰万岁！"

舷梯升降口上，结巴、芝浦、"神气什么"、学生工、水手代表、炉工代表等人同绑着绷带的监工、船长面对面站着。因为昏暗，看不清楚，但从驱逐舰上好像有三只汽艇开来，贴船舷停住。上面满满载着十五六个水兵。水兵们一起爬上舷梯。

哎呀，那不是上着刺刀的吗！下颌帽带也

125

系着！

"坏了！"结巴在心中叫道。

下一只汽艇也十五六人，再下一只汽艇的水兵也同样枪尖上着刺刀、系着下颏帽带！他们就像跳上海盗船一样"噔噔"蹿上舷梯，一下子把渔工、水手、炉工围了起来。

"糟糕！畜生，真下手了！"芝浦、水手和炉工代表首先叫道。

"活该！"监工出声了。

这才明白罢工开始后监工那不可思议的态度是怎么回事，但是晚了。

完全不由分说。"坏分子""叛徒""跟老毛子学坏的卖国贼"——九名代表被这么骂着，在刺刀押解下上了驱逐舰。前后时间很短。大家全都摸不着头脑，只管呆愣愣看着。根本不让争辩。比看一张报纸燃烧还要简单。

就这么三下五除二"解决"了。

"这才明白，我们能靠的，只有我们自己。"

"什么帝国军舰，说得冠冕堂皇，其实不过是大富豪的狗腿子罢了！国民的护卫？笑话，吃屎去吧！"

为防万一，水兵们在蟹工船上住了三天。天天晚上和监工他们在餐厅里一起喝得烂醉——"一路货色！"

渔工们再傻，这回也切切实实知道了谁是敌人，知道了（完全出乎意料）他们是如何相互勾结的。

按照惯例，每年汛期临结束时都要制作"贡品"蟹罐头。然而"大不敬"的是，制作时也并不是次次"斋戒沐浴"。以往渔工们都以为是监工太不像话，但这次不同。

"那东西是榨取我们自己的血肉制作的，哼，大概很可口吧？吃了别肚子疼才好！"

制作时大家便是怀着这样的心情。

"石子什么也放进去！管它呢！"

"我们能靠的，只有我们自己！"

如今这句话已经深深渗入大家的心底、心底的

心底。"走着瞧!"

问题是，就算把"走着瞧"重复一百遍，又顶什么用呢！罢工惨败之后，劳动更残酷了，像是要告诉渔工"畜生，知道滋味了吧!"，比以往变本加厉的是监工的报复式虐待。现在，劳动早已越过了限度那东西的极限，到了不堪忍受的地步。

"错了，不该那么把那九个人推到前面。那岂不等于告诉人家咱们的要害在这里吗！要是表示全是我们一起干的就好了。那一来，监工就没法往驱逐舰发电报了。总不至于把咱们全部交出带走吧？活没人干了嘛！"

"是啊!"

"是的。就这么干下去，这回可真要死在他们手里了！为了不出牺牲品，得一起磨洋工才行，就用上次那手。结巴不是说了吗，拧成一股绳比什么都要紧。拧成一股绳能办到什么这点也该明白了。"

"假如还把驱逐舰叫来，这回可要齐心合力，一个不剩地由他交出去！那样反倒谢天谢地。"

"有可能。不过细想起来，果真那样，第一个

狼狈的是监工，公司那边不好交代。从函馆找人替他太迟了，产量又少得提不起来……弄得好，这个办法倒行得通。"

"行得通！再说也怪，谁都不战战兢兢了，谁都想骂一句'畜生'！"

"说实话，下一步的成败利钝，怎么都无所谓了，是死是活反正豁出去了。"

"好，再来一次！"

他们站起来了——再来一次！

附　记

这以后的事，附带写上几件。

一、第二次完全"磨洋工"大获全胜。始料未及的监工拼命跑去发报室，却在门口一下子停住不动，不知如何是好。

二、汛期过后返回函馆时，得知"磨洋工"或罢工的船不止博光号一艘。两三艘都发现了"赤化宣传"小册子。

三、监工和杂工长们由于汛期中惹起罢工等不良事件，严重影响了制品产量，公司以此为理由解雇了那般忠实的走狗，并且"毫不怜悯"地分文未给（比渔工还惨）。有趣的是，那个监工叫道："啊——啊，窝囊！老子被畜生骗到现在！"

四、第一次知道"组织""斗争"的渔工、年轻的杂工们带着这次伟大的经历走出警察大门，分

别融入各个劳动阶层之中。

——这篇附记是《殖民地资本主义入侵史》中的一页。

（一九二九·三·三十）

尖端生活叢書

一

在厕所洗手时，耳边接连不断地传来木底拖鞋声和大嗓门说话声。看来第二车间的同伴正下班从窗下走过。

"还在洗？"这时，须山来到身后招呼道。他是第二车间的。

我转过满是肥皂泡沫的脸，约略皱了下眉头。这是因为，我和须山早已讲定，避免两人从工厂一同往回走。否则，一旦被人发现有个一差二错，那可就不是牺牲一人就能了结的事。可是，须山时不时违约，并且劝我别生气，还做出讨人喜欢的笑容。总的说来，须山这人不拘小节，和蔼可亲，让人恨不起来。这么着，每次我都报以苦笑。但眼下毕竟是特殊时期，我示以严肃的表情。再说，今天预定要约新成员顺路去一家"豆汤屋"……不料，蓦然

134

一看，须山不是平时那副嬉皮笑脸的表情。刹那间我觉出做我们这种事的人特有的那种"预感"。"啊，马上！"说着，三把两把洗完脸。

须山想必明白了我的意思。却又忽然改变腔调，在身后说道："来一杯麒麟①？"只是，尽管腔调大体算是须山平时的腔调，但总有一种非同一般的刻意性。这点瞒不住我。

走到外面，须山到底走在离我三四丈远的前面。从工厂通往铁路那里，一边是国有电气列车经过的河堤，一边挤满店铺，路很窄。两根电线杆之间站着一个穿西服的人，往这边看着，半看不看地看，让人不快。我当即同后面赶来的五六个人并肩行走，边走边说。而左眼角一直留心"西服"，不敢大意。总的说来，"西服"已经厌倦了日复一日的例行公事，一副无所谓的懒洋洋的样子。每天这个时候，他们都监视工厂的出入情况。须山迈着外八字步，示威似的紧贴"西服"大踏步走过。我从

_____

① 麒麟：麒麟牌啤酒。

这边看得出来，心里觉得好笑。

走上拥挤的电车路面，我追上须山。他边擦鼻子边若无其事地四下打量。

"总有些不对头……"他说。

我注视须山的嘴角。

"上田跟胡子断了联络……"

"什么时候？"我问。

"昨天。"

胡子这人是无需准备"备用点"的。但我还是问。

"备用点准备了？"

"听说准备了。"

他告诉我，昨天的联络事项分外重要，晚一天就要出不得了的差错，所以决定利用 S 河、M 街和 A 桥这三个电车站之间的街头。而且两人提前一天在同一场所走了走，定下"从这里到这里"的地段。为防万一，胡子还在路上少见地指定了一家看上去安全的茶馆——交代说如果在街头见不到，就二十分钟后在那里碰头，分别时还互相对了手表。被称

为"胡子"的同志是我们级别最高的上司，一个举足轻重的人物。迄今为止，差不多上千次联络当中（尽管全是街头），自己迟到的时候仅有两次。虽说做我们这种事的人本应如此，但做到的人并不多。而且，那两次，一次是因为双方有误解，就时间来说他还是准时去了的；另一次是因为到了那天下午他不知道手表出了毛病。换上别人，即使一两次不来也没什么大不了的。但胡子没来，并且连备用点也没到这件事，让我们实在无法相信。

"今天怎么样？"

"唔，说是重复使用和昨天同样的地方。"

"几点？"

"七点，还在茶馆，七点二十分。可这样子让我放心不下，讲好八点半和上田见面来着。"

我算了算今晚自己的时间，说：

"那么，九点见我！"

我们在那里定下场所告别。告别时，须山说要是胡子出事，他也自首。那当然是玩笑，却有一种奇异的实感。我说了声："胡闹！"不过，对他那

么说的心情，自己也感同身受——"胡子"便是这样受到同伴的信赖，被当作靠山。对于我们，即便说是灯塔般的家伙，也一点不夸张。实际上，假如"胡子"没了，我们当天就完全没了主意，不知如何开展工作。虽说车到山前必有路……我边走边心里嘀咕，但愿他没有被捕。

路上我走进一家小糕点铺，买了一块森永奶糖①。拿着糖回来，房东的男孩正和附近的孩子们一起站在自动出糖球的机器跟前。投入一分钱一摇手柄，球就飞进棒球垒里面。下一个洞中出来的糖球，因球入垒情况的不同而有所不同。最近开始流行这种机器，街头哪座机器前都围着许多小孩。每个小孩都拼命咧着嘴角，目不转睛按动手柄——用一分钱说不定能得到比一分钱多的东西。

我哗啦啦在衣袋里搜了搜，拿出两枚一分铜币给了房东孩子。孩子起始稍微缩了下手，但很快满面笑容。看来，房东的孩子原来只从后面观看别的

––––––––––––––––––––

① 森永奶糖：森永牌奶糖。

孩子捣鼓来着。我把刚才买的奶糖也塞进孩子口袋，走进房间。

我必须赶在八点前把今天厂里发生的事写出来，以便明天撒传单用。预定八点交给碰头的S。我从壁橱里拿出装有各种文稿的手提包，打开锁。"仓田工业"原本是二百人左右的金属工厂，但战争[①]开始后招了多达六百的临时工。我、须山和伊藤（女同志）那时拿着别人的履历书混了进来。二百人的工厂本部进来六百临时工——不难得知工作量涌来多少。仓田工业在战争开始后不再做原来的电线，而开始做毒气面罩、降落伞和飞艇的船舷。但最近那种工作告一段落，六百临时工可能砍掉四百。这样，近来厂里谈论尽是这个。大家一说"砍掉、砍掉"，厂方就应道"临时工本来就没什么砍不砍的，不是比最初讲的多雇佣了半个多月吗？"，事实上也比原定多干了不止半个月。全都

---

① 战争：应指1931年9月18日即由"九一八事变"开始的侵华战争。

是刻不容缓的活计，那期间简直像玩命似的。女工们从早上八点开始，加夜班干到九点，也只挣得一元零八分。晚间六点到九点每小时八分，工厂甚至从夜班费中扣除吃晚饭二十分钟到三十分钟的二分或三分钱（特意计算的）。吃饭的时候，我说："这样一来，岂不等于说厂方认为工人是可以不吃不喝也能干活的喽！"一起干活的一个临时工当即附和："啊，正是。"由于"啊，正是"说得相当特别，大家都笑了。每天发当日工钱时，要对将近四百名女工分发 8 分尾数的三枚铜币：五分的一枚、一分的三枚，很花时间。六点下班，为此甚至熬到七点。"真他妈不像话！把八分变成一角，不知省多少事！或者咱们少要，不要八分要五分算了！"大家排队时心焦气躁，"有钱人真是敲骨吸髓，咱们根本想不出！"

不料，有传言说临时工砍掉时，厂方要另给每人十元钱。因是临时工，即使一分钱不多给也不违约。所以这样，似乎是因为大家干得很卖力气。虽然不知有多大程度的可靠性，但大家都不知不觉指

望上了。毕竟这里干完，又要有一段时间找不到工作。问题是，连吃晚饭的时间都从工钱里扣除两三分和宁可让好几百人等一个多小时分发三枚一分铜币的厂主，怎么可能给六百人每人十元（整整十元！）呢？放出十元这个传闻，明显是厂方的诡计——为了防止解雇前人心动摇而让工人老老实实干到最后一刻，故意放出这个风来。

由于今天这在厂里成了相当大的话题，我决定把这个写进明天在工厂散发的传单里。前天的传单写了大前天大家七嘴八舌议论的要求缩短发工钱时间的事（事情倒是鸡毛蒜皮），结果引起了轩然大波。我在桌前盘腿坐定。

不大一会儿，下面的阿婆跑上楼来："刚才谢谢你了，孩子让你费心了！"说罢，一反常态地微笑着下楼去了。做我们这种事情的人，必须留意"世间常事"——哪怕再不值一提——必须避免房东心想："楼上的人好怪啊是做什么的呢？"眼下在狱中斗争的同志 H，有一次甚至把房东领去帝国剧院，目的就是为了在自己的照片被分发到餐馆、茶馆、

141

理发馆、澡堂等场所那样的、远非我们所能比的严峻追查中正当开展工作。与此同时，我们又必须学会谈论"世间常事"那种无谓的话题或说讨人喜欢的话。问题是，对那种事我实在做不来，近来倒是多少有点习惯了……

我对老婆婆说："啊，没什么，一点点。"说完自己脸红了。不成啊！

顶多不过两页到两页半稿纸的分量，但白天劳作一天后写起来，感到并不轻松。好歹揭露完十元补贴的事，七点已经过了。这时间里我用毛巾"咔哧咔哧"擦了好几遍脸。一写稿就出汗，写罢装进信封。信封胡乱写上女人名字，伪装成情书。七点四十出门。我说"散散步去"，平时一声不响的阿婆这回对我说了一句："快些回来！"效果出现了。我在黑暗中苦笑。以前这样出门时，阿婆曾说"你这人老是出门啊"，听得我心里一惊。实际上我也每晚外出，怀疑也是理所当然。我一时心慌，笑着应道："毕竟……"阿婆接道："毕竟年轻，是吧？"说罢笑了。得知阿婆不是那个意思，我才放下心来。

142

八点碰头的地点是一个街道小厂密集的地方，位于从正面电车路拐下的一条小巷。路面有许多开店的人和额前头发偏长的职工。每次我都根据去的地方而尽量让衣着与之相符。万无一失固然做不到，但这是相当重要的。无论如何，我们必须使自己衣着整洁，以免受到嫌疑性盘问。可是，在今天这样的地方，在八点这样的时间段，如果身穿西服拿着手杖行走反而惹人注目，弄巧成拙。于是我穿了件大体像那么回事的和服，随意扎了条衣带，帽子也没戴就出门了。

笔直的路对面，习惯摇晃右肩的 S 走了过来。看见我，他略为靠近一家商店的展示窗，然后若无其事地拐进小巷。我跟在他后面同样拐了进去，在另一条弯路上和他并肩走了起来。

S 听我讲了前天散发传单的工厂里的情况。问了好几点之后，说道：

"每次都从厂里成为话题的事情出发，这样提起问题好是好，但在进一步提出政治性问题这点上有所不足。"

143

我吃惊地看着 S 的脸，觉得言之有理。我每每为传单受到好评感到欣喜，却忘了从更高的角度看待问题。

"所以就是说，就连我们也跟着大家自然而然发生的心情走。为了使大家由日常性不满过渡到认清帝国主义战争的本质，还需要付出计划性的、尤其专业性的特殊努力。需要促使大家认识到这个……"

他说，以往的传单多是罗列很多公式化的抽象的反战传单。为了弥补这一缺陷，这回又犯了把问题反过来局限于经济要求这一范围的错误。这种右翼性倾向，因追随大众而每每获得不错的评价。所以，对"评价不错"这点也还是需要慎重考察的。我们这样边走边谈。

"我只是提醒一下，往下若是出现驴唇不对马嘴那样的情形可不成。倒退！过去我们像蒙眼马那样只看事物的片面，只看片面。"

走了一阵子，我们走进一家茶馆。

"给，情书。"

说着，我把稿子放在餐桌下面的隔板上。S一边哼着什么歌，一边小心翼翼地把稿子揣进衣袋。接下去，他问我：

"你没有主动和胡子（他按了按鼻子下面）接上线吧？"

我说了路上从须山那里听到的情况。S故意哼歌听着，但眼睛十分留神。这是他的习惯。

"我也见了，昨天六点。但再无下文。"

我听了，胸口一阵不安。

"莫非出事了？"我说。可心里期待他说不要紧。

"呃……"S想了想，"不过，那家伙毕竟老谋深算啊！"

我们讲定谁能接上线谁就接，然后商量一下明早带传单的事就分手了。

九点一见须山，看他的脸色就明白了。尽管这样，也并不是说全部绝望。我和须山也商定想方设法查明胡子的下落，之后马上分开。

若非在自己住处附近接头，九点半过后我们概不活动，因为路上危险。和须山分别独自往回走时，

145

我知道胡子吃进自己胸口的程度意外之深，觉得这么走路都好像分外心神不定。膝盖发软，甚至呼吸困难。生活在普通环境的人，也许认为我这时的反应伴有几分夸张和虚假成分。可作为我们，同外部已经彻底隔绝，和多年来的个人朋友也全部断绝往来，即使去澡堂也马虎不得，一旦被捕至少要进去六七年——这样的我们所能依赖的只有同志。每有同志——哪怕只有一个——被夺走，我就痛感维系我们之间的心情是多么根深蒂固。而若是时刻指导我们的同志，感觉尤其如此。以前在一个反动工会中作为反对派进行合法活动时，即使发生同样的事也不至于这样。毕竟那时可以通过日常各种各样的生活加以冲淡。

太田在住处等我，本来我不把自己的住处告诉任何人，但在取得上面的人理解的情况下，只告诉了一个人（太田）。这是因为，为了在仓田工业开展活动，无论如何都得定个专人始终同其见面。而在外面见面，一来不及时，二来没办法谈透（就各种问题取得对方理解）。

太田是来谈明天的传单的。我说了刚才同 S 商谈的事项，决定明早七点他去省线 T 站月台——S 在那里把传单交给他。

谈完当务之急，我们闲聊了一会儿。"聊上几句？"我笑着提议。"你的拿手好戏！"太田笑道。事情谈完后，我几乎每次都提议"聊上几句"，并且显得十分开心，所以现在成了我的拿手好戏。可这种时候自己为什么想要"闲聊"呢？我察觉到的缘由是：我们因活动关系几乎每天和同志见面，但那种情况下，我们是在茶馆里用尽可能低的声音就事谈事，谈完马上离开那里，尽快分手。相同的状态，一年三百六十五天周而复始。不用说，我们已经按照那种日常生活形态清算了过去的生活模式，如今习以为常了。但是，一如在拘留所待久了就特别想吃"甜食"以致有时想得病情发作一样，就我来说，对于那种生活的单一性的反作用使得我一看见同志就想聊上几句——类似的反应似乎是借助这一形式表现出来的。但是，这一心情在过普通生活的太田眼里，只能看成我性格中极其乐观的另一面。

时常为桌球之类口出狂言的他，不可能深度体察我的心情，有时残忍地(！)连闲聊也不聊就扬长而去。

太田答应"闲聊"，就工厂各种各样的女工评头品足一番，然后回去了。我很奇怪，奇怪他不知什么时候认识了这么多的女工。

"女工的爱法和资产阶级小姐不一样，不那么拐弯抹角装模作样，非常直接而具体，伤脑筋！"他这样说道。

"非常直接而具体"这说法很好笑，我们都笑了。

二

明确署名为"党"的传单散发之后，仓田工业早晚出入当即变得严峻起来。毕竟时期非比以往，加之制造的东西不同寻常，厂方也开始狼狈起来。在我身旁干活的一个女工一天早上是十万火急跑进来的。工厂门旁有座昏暗的仓库总是开着门，女工无意间从那里通过时，发现角落里有头上套着黑衣服的"东西"蠢蠢欲动。后来得知那是保安员。从这上面也可看出那帮家伙是多么惊慌失措。

战争开始后，厂里的年轻工人接连出征离开。而另一方面，军需品生产任务急速增加。为了填补这个空白，哪家工厂都不得不开始大批量雇工。以前哪怕雇一个工人也要严格审查，还要有身份担保人。但是，战争开始后就顾不过来了。我们瞄准这样的机会。当然，这种情况下即使雇用，也是"临

时工"。而且，以国家"非常时期"为名目大量使用临时工，在结果上有助于拉低全体工人（从工厂看来雇用正式工人时）的工资。但是，他们夹在自身利益这两块板之间，不得不做出头套黑衣服监督这等恬不知耻的蠢事。

黑衣服倒是无所谓，问题在于伏击我的"西装"。我的相片已经分发到各警察署。尽管我改变了脸形，但还是不容大意。有个同志因为警察署有他十三年前照的相片而被见也没见过他本人的特务逮捕。一个同伴劝我彻底"潜伏"。那当然再好不过，但根据过去的经验，在厂外推动厂内组织活动要困难百倍，连百分之一的成果也谈不上。这点即使在能同厂内成员保持密切联系的情况下也不例外。我们说的"潜伏"，当然不是指隐居，也不单指藏身或四处逃窜。不了解的人也许那样认为。假如"潜伏"真是那么回事，那么相比之下，老老实实被那些家伙逮住关进拘留所不动不知要快乐多少倍。相反，"潜伏"的目的，是为了避开敌人的攻击，进行最为大胆而坚决的斗争。自不待言，从开展活动

的容易程度等方面来说，我们合法是最理想的。所以我才让太田他们尽可能长时间确保合法性。在这个意义上，"潜伏"不是正确说法。我们绝非主动"潜伏"，而是被他们逼的。

因为是在如此状态下将自己本身的危险暴露在敌人面前，所以一早一晚的"西服"实在让我吃不消。如果站在那里的"西服"总是平时那张熟面孔倒也罢了，而若远处站着另一张脸，自己就得放慢脚步，扶正帽子，走近之前确认是不是自己认得的脸。第一道关通过后，往下就是门卫的审视。携带传单的人是碰不得这里的。太田为此使用的女成员。按太田的说法，为了安全，要尽可能放在女工肚脐往下的地方。那帮家伙似乎还没有无耻到检查那里的地步。

第二天早上一开存衣柜，有传单！波涛一般的感情一瞬间掠过全身。走进车间一看，旁边的女工正在读传单。像小学生一样一字一字拾读，碰到不认识的字，就把小拇指插进头发搔动。看见我，问道：

151

"真的？"

指的是十元补贴的事。

我说真的真的一点儿不假。

女工随即说了一句：

"真是太不像话了！"

厂里，我作为"可疑的人"浮出水面来。有传单也罢没有也罢，我都总是对大家这个那个谈论的工厂的事——无论大小——积极插嘴，注意将其引往正确无误的方向。每当发生什么事件，无不站在大家的前头——我平时必须获得这样的信赖感。我必须在这个意义上身先士卒，"大众性"地把更多的工人拉到自己这边。以前在工厂里实行的是小团体主义、悄悄把某个人拉进来。后来的实践让我明白：那种手法是永远也不可能使运动大众化的。

到开工还有一点时间，我正要往围着机床说话的一堆人那里移动，工头来了：

"拿传单的，交出来！"

大家下意识地藏起传单。

"藏起来反倒麻烦！"工头对我身旁的女工喝

道："你，快、快交出来！"

女工顺从地从腰带间拿出传单。

"这么危险的东西你怎么还当成宝贝！"工头苦笑。

"可工厂做事也太过分了吧？老伯！"

"所以、所以才说传单有问题嘛！"

"真的？不干时真给十元？"

工头噎了一下，说道：

"那种事天晓得！问工厂去！"

"老伯你不也那么说过一次吗？喏，传单说的到底是真的！"

女工这句话说得大家笑了起来。

"问得好！"有人开口道。

工头顿时满脸通红，急忙蹭鼻头，支支吾吾，气呼呼离开了。我们第三车间随即大声哄了起来。事情虽然很小，但使得工头那家伙忘了继续没收传单。

那天开工后不到一个小时，我听说太田被人带走了。大概携带传单的事暴露了。

153

太田晓得我的住处！这点最让我担忧。

一次他说过，出事了，三天还是能坚持的。我问三天是从哪里得来的。他说大家都那么说。不知何故，在当时，"三天"仿佛成了一个通例。记得那时我们继续开了一会儿玩笑，但蓦然觉得太田某处的软弱。听得太田被捕时，脑袋里首先闪出的即是此事。

我知道的一个同志，尽管和自己一起住的人被捕了，但依然在原来的地方起居，我和同伴劝他马上搬离，结果那个同志做出莫名其妙的神情。不出所料，第五天住处来人了。当时他从窗口跳了出去。跳是跳出了，但跌伤了腿。为了不让他中途逃跑，押送路上被剥得一丝不挂。走进警察署的拘留所，一眼看见先被捕的同志，当即骂道："混账！窝囊废！"，不料那个同伴认为（并且想说）他才是窝囊废。理由是他明知自己被捕了，却吊儿郎当地逃也不逃。后来那个同志出来时，我们对他说所以不是提醒过了么？明知可能被捕却被捕了，这可是纪律上的问题！结果他反唇相讥：是那家伙（先被捕

的同伴）说的——居然在那帮混蛋面前说出来，这才是纪律问题！事实上那个同志面对审问也只字未吐。对那个同志而言，说出这种事一开始就不在他的设想范围内，因而根本没以为别人会说出来，所以才"吊儿郎当"留在原来的住处。这时我比任何人都深感捅到了自己的痛处。让他逃离住处，等于认同假如自己被捕，三四天就会招出住处这种败北主义。不过，这样的姿态恐怕同布尔什维克无关。这是 ABC。自那以来，我便将那个同志的态度作为尺度而义务性约束自己。问题是现在面对的是信赖不得的太田，我不可能在住处将这正面意义上的"吊儿郎当"进行到底。我必须即刻搬离。

话说回来，到底还是不把住处告诉任何人为好。我们一位很优秀的同志将自己的住处告诉给了"七个人"，任凭他们出入。其中甚至有同志以外的"同情者"。那位优秀的同志因此在住处被捕——有这样的先例。我们必须时刻记住：自己是在以世界第一严密自夸的警察网的追捕中活动的。

有一点值得庆幸，太田不知道须山和伊藤的住

处。为了顺利开展工作，一次我想告诉太田说那两人是我们值得信赖的同志。但想到后来的事，就打消了那个念头。一来是为了将镇压的波及控制在一定限度内，二来是因为我意识到单纯按照某某是成员这样的串联开展活动乃是一种危险的权宜主义。

从工厂下班后，我会同须山和伊藤嘉，在"豆汤屋"紧急商谈。结果决定：我马上（今晚）搬离住所；休息到工厂情况明了为止；更紧密地联络剩下的同志，高度保持临战状态。过去曾有许多同志以为"今天不要紧"或"不至于发生那种事吧"而招致失败。我们讲定，以上三点，作为"工厂支部"的决定由我坚定执行。从刚刚领得的当日工钱中，须山分出八角、伊藤分出九角给我。

须山问我想什么呢，还问我知不知道神田伯山——这是他的老毛病——我笑道又来了又来了。他介绍说，神田伯山腹带总是掖着一百元钱，不管遇到什么事都不动不碰（一直到死）。这是因为神田认为人有可能随时随地遭遇不测，而若届时没带钱，作为男人势必蒙受奇耻大辱——那是万万使不

得的。

"同样，要是因为没钱而动弹不得被捕，那可是阶级性背叛啊！"这么说罢，须山补充一句："我们必须学会从他们的经历中吸取教训。"

我和伊藤笑道，知道那么多的须山的脑袋活像"资料夹"。

我真是马虎大意，很快拐进通往住所的小巷。其实怕也算不上什么马虎大意。因为我根本就没想到太田会这么快就供出我的住所。我惊愕地伫立不动：二楼我的房间亮着电灯！而且直觉告诉我房间里至少不止一个人。毫无疑问是在盯梢。但是房间里有不少想要带出的东西，甚至有第二天就要碍事的——我转而认为"但是"的想法要不得。

当务之急是无处可去。由于一直居无定所，大凡熟人的家都几乎用遍了。那种地方早已不能再用第二次。我必须首先离开这个地段。于是走上电车道，四下打量着拦了一辆出租车。虽然别无去处，但我还是说道：

"去S街，两角。"

157

这时我忽然察觉，自己仍是从工厂回来那身衣服——同出租车很不协调。我在出租车中想了想，但还是没有着落。我心慌意乱。不过有个女子曾为我找过一两回出逃的落脚处。我一求她，她必定照办。女子租住一家商店的三楼，在一家小商会里工作。对左翼运动诚然怀有好意，但并不主动做什么。她的住所我倒是知道，问题是找去一个女人住的地方不够正常。所以过去有事时都是往商会打电话，用电话解决。但现在我只有那个女子，没办法顾虑那么多了。在Ｓ街下了出租车，一咬牙乘上市营电车。

我尽可能靠边坐下，双手置于膝头。然后不动声色地把电车厢扫视一遍。幸好没有"奇怪的家伙"。一位银行职员模样的西服男子在我旁边看《朝日新闻》。一看，第二版中间有个标题为"仓田工业检举红色分子"。我扫了好几眼，但正文看不成。我这才感觉到电车这东西真是慢性子，一时坐立不安。

出于慎重，我提前两站下车，走进小巷拐了

两三个弯，赶去女子那里。第一次来，加上走的是小巷，有点儿迷路。一位老伯在店铺前面露出贴有膏药的肩头，自己用手拍打。我问楼上的笠原女士在吗？对方默默看着我。第二次我多少加大音量。于是对方朝有拉门的客厅那边说了句什么——说什么我没听懂——于是，有谁从齐腰高的玻璃往这边窥看。

"啊，出门去了。"里面响起不耐烦的语声。

我心里暗暗叫苦，遂问什么时候回来。回答不知道那么多。估计是看了我的长相（打扮）的关系。我无奈地站在那里。别无他法。我说九点左右再来，走了出去。出来往三楼一看，电灯黑着。我顿时垂头丧气。

我走到有夜晚营业的小店的街上，或者看书，或者站在引人上钩的围棋盘前观战。然后走进一家茶馆，好歹消磨掉两个小时。折回拐弯一看，三楼窗口灯亮了。

我对笠原简单说了情况，问她有没有人家可住。问题是，她知道的人家过去几乎为我用遍了。

商会倒是有两三个女同伴，但她们对我的活动一无所知，而且"都是单身一个人"。笠原一个劲儿歪头沉思，但还是没有。看表，快十点了。十点过后出门转悠再危险不过。何况我还穿着劳动服，就更危险了。若是女的，倒是有很多人可求，"可你是男的，难办！"笠原笑道。我也难办。但不管怎样，假如我不想被捕，那么剩下的只有一条路。而这说出口来是需要勇气的。

"这里怎么样？……"

我一狠心说出口来。自己脸红了，磕磕巴巴。别人看起来也许是我大胆。实在走投无路。

"……"

笠原忽然睁大（变大的）眼睛盯着我，一下子屏息敛气。而后红了脸，不知为什么，把一直歪坐的膝部慌忙收起正坐。

片刻，她定下决心，下楼解释说 S 街的哥哥来了，需要留宿。可是，哥哥这个说法，无论怎么看都有些滑稽。她虽然生活简朴，但总是身穿正正规规的西式套装，头发也半是短发(？)。相比之下，"哥

哥"却穿着劳动服。她那么一说，楼下的阿婆一声不响地从上往下打量着有些孩子气的笠原。她到底紧张起来，脸绷得紧紧的。对普通女子来说，光是男人留宿就已不是一件小事。

事情一旦这么定下，两人都一下子觉得有些别扭起来，交谈时断时续。我借得铅笔和纸张，趴着制订明天的计划：马上找人替补太田；把太田被捕写进传单以提醒仓田工业全体员工注意。我一边舔着铅笔一边写。蓦然回神，发觉女子不好自己开口说"该睡了"。于是问道：

"你几点睡？"

"一般是这个时候……"

"那么睡吧。我的工作也告一段落了。"

我立起打个哈欠。

被褥只有一套。她把被子递给我，我坚决拒绝。只穿睡袍躺下。熄灯后，她走去房间一角，似乎在那里换穿睡衣。

迄今为止（离家出走以来），我一直东奔西忙辗转流离，已经习惯了这种睡法，我很快睡去。但

睡在女子家里是第一次，到底睡不踏实。刚迷迷糊糊就做梦醒来。如此反复了好几次。做梦做的也都是被人追赶的梦，而且很难逃掉——梦中大多如此——心里急得不行。啊、啊、啊、啊、啊……喘息不止，随即睁开眼睛。躺着一动不动，但觉脑袋的一侧一下接一下钝痛不止。我差不多没有睡的感觉，不停地翻身。但笠原在早上到来前好像一次也没翻身，身体一点儿动静也没有。我清楚意识到，她一开始便打定主意通宵不睡。

尽管这样，想必我还是多少睡了一会儿。睁眼一看，笠原的铺位早已收拾好，人已不见，估计下楼做饭去了。片刻，笠原已从下面吱吱呀呀踩着楼梯上来了。"睡得好？"她问。我"啊"一声应道。好像有些晃眼睛。

我配合笠原上班时间，一起出门。下面的阿婆在厨房里忙活，但那时停下手目送我的背影。

刚走出外面，笠原便像将昨天的担忧一吐为快似的"啊——啊——"连声。随后小声补充一句："这老太婆！"

162

三

那天夜晚见 S 的时候，说了昨晚的事。他说那不合适，遂筹措一笔钱给我。我找好房子，请须山和伊藤置备家具，当即搬了进去。起始相当困惑，不知住在仓田工业所在的地段是好是坏。同一地段，危险相当大。但若选其他地段，交通费不好办。这种情况下，当然是其他地段合适。但警察意外认为我逃入其他地区也说不定。因此，我觉得对那帮家伙来个出其不意，留在同一地段也未尝不好。此事已有先例。那是如今已去俄国的一个同志的事。那个同志听说其他同志在江东方面活动期间，散步传言说自己在相反的城西方面进进出出。听得这个战术，那个同志说换上自己就相反——在江东时就散布传言说自己在江东。就我来说，在这个地段尚未被特务具体认出，而且因为工厂已经不干了，经济

拮据也促使我决定留在同一地段。

关于住所，比较说来，小商小贩房子的二楼为好。一对老夫妻尤其好。那样的人同我们的活动没什么关系，对二楼房客的行动理解有限。而若是一知半解的知识阶层家庭，仅看一眼出入情形和房间，就能敏锐地从中感觉出非同"世人常人"的空气。不过，警察那帮人时不时来小商小贩这里查户籍，查的方式也不客气。而另一方面，如果对有门脸那样的人家，该查两次则减为只查一次，而且只限于打听"有没有特殊情况"。这次的住处介于二者之间。阿婆说她原来开过娱乐性酒馆，看样子当过谁的情妇。

须山和伊藤把行李大致归拢齐全，总算安顿下来。不足之处只是楼下也有房客。这样，就需要首先了解那人是什么人。我下楼去厕所。和我同是房客的人的房间拉门开着，人不在。我先把目光落在书架上。这是我去新住处而那里又有房客时采取的第一手段。因为看书架可以当即看出对方是怎样的人。书架上排列的全是极普通的书。估计是哪所学

校的老师，地理书和历史书居多。不过，书桌放着《日本文学全集》。一闪看见打开的那页有"片冈铁兵"①"叶山嘉树"②等人的卷首相片。但那种书只此一册，此外似乎没有。

我们同伴里边，有的好不容易搬来了，而房东却在警察署工作——这样的例子可是为数不少。房东是做什么的这点马上弄明白当然好。但有时候甚至一个月都无由得知。"您家先生是做什么的？"——由于自身情况有别，即使这么单纯的提问也很难坦然出口。

我向阿婆问了澡堂位置，走出门去。目的是为了进一步调查。我拿着香皂和毛巾，慢悠悠走着。首先看了每天往来的路两侧人家的名牌。看了五六家，前面拐角那里有个名牌写着"警视厅巡警"。但位于大宅门的后门，用不着太担心。从澡堂出来，

---

① 片冈铁兵：1894—1944，有左翼倾向的日本新感觉派小说家。代表作有《绳子上的少女》。
② 叶山嘉树：1894—1945，日本无产阶级文学运动初期主要作家。代表作有《水泥桶里的信》和《生活在海上的人们》。

回走路上查看了这一带的小路和过道。一般说来，这座城市（其他城市也有可能）的奇特之处，在于工厂街和富豪住宅街紧紧靠在一起。这里也是如此，尽管仓田工业同在这里，但稍一离开拥挤嘈杂的大街便是幽深的住宅区。而且值得庆幸的是，沿着幽静的一条直路前行，不远就是热闹的大街。办完事回来，不难明白有没有人跟踪；而一出家门，马上就能混进热闹的大街。条件意外之好。

二楼我的房间直接连着"晾衣台"。距离邻居的晾衣台只有一大步，很容易从这里跨过另一家的院墙。我于是决定买一双拖鞋放在晾衣台上，以便一开窗就能穿上。只是伤脑筋的是，这一带房子像"巴黎屋檐下"那样挤在一起，稍一开窗就有被周围五六座房子里的人及其二楼房客看见的危险。在弄清那些人家的职业之前，我不得不关门闭户坐着不动。这么着，我就去楼下聊天。打算通过聊天打探左邻右舍的情况。

一问，得知周围住的是在法律事务所上班的事务员、三弦师傅及其二楼的股东掌柜、派出妇女会，

还有七八个公司职员,都是家里有钢琴的有钱人家。决定租住这里的当天夜晚就弄明白了附近这么多情况,可谓一大成功。除了饶舌的派出妇女会,必须说人都不错。

只是,根据以往的经验,必须准备好一旦住处被查或发生其他不测时能立即投宿的地方。哪怕看上去再安全,那也丝毫不意味永远万无一失。事实上,大上次那个住处,搬进去第二天就在洗完澡回来的路上看见住处前面站着一个穿西服的人。那是一条直路,我虽然发现了那个人,但已近得没办法退回去了,只好做出大摇大摆的样子,把湿毛巾挡在眼前,吹着朦胧记得的"不远万里、追逐幻影……"的口哨,过门不入地径直走去。穿西服的人似乎看见了我,但作为盯梢的看法,总觉得有点儿奇怪。走了一阵子回头一看,那人仍站在那里往这边看着。那天夜晚我住进同志那里。那个同志是有经验的同志,据他判断,第一,没有那样的盯梢方式;第二,不可能新搬来不出两三天就在没有任何预备调查的情况下赶来。第二天派人查看,得知

167

虚惊一场。但不管怎样，作好及时应对突发灾难的进一步准备总是必要的。下次联络时，我把这件事托付给了笠原。

活动立刻重振旗鼓。伊藤嘉最近变得非常积极，干得有声有色，决定用她替补太田留下的空缺。镇压风暴袭来时，很少有人表现出积极性。她虽然毕业于高等程度的学校，但由于长期在工厂生活（尽管工厂换来换去），过去那种味道已经荡然无存。自从活动变得非法之后，这位女子总是潜入工厂活动，被捕了好几次。那锻炼了她。潜入之后，伊藤反而抛头露面，同渐渐远离工人现实生活气氛那一类型完全相反。每次被警察逮捕，母亲都被找来领回女儿。但不出半日，伊藤就再次跳出家门，开始秘密活动——尽管母亲每次都求她别再出去了。这样，一接到警察通知女儿被捕了赶快过来，母亲就很高兴。在警察署，母亲再三道谢，把女儿领回家来。第三次或第四次回家的时候，伊藤跟母亲一起去了澡堂——已经好久没这样了——这也是出于以下考虑：自己的活动越来越重要，往下恐怕很难像

过去那样轻易走出警察署了。也就是说，这也是一种悄悄的告别。不料，母亲在澡堂初次目睹女儿的裸体，一下子瘫软下来：伊藤的身体因再三再四的拷问而浑身布满青黑色的伤痕。据伊藤说，自那以来，母亲一下子同情起女儿来，对女儿有了理解。生气地说："警察把女儿弄成这样，没必要向他们低头！"伊藤后来因没有交通费和生活费，只好派人找母亲要钱。过去母亲总说不回家就不给钱，而现在，要两元给四元，要五元给七八元，还说家里的事不用操心。"仅仅为贫苦人做事就那么殴打无辜的女儿，坏的肯定是警察！"——母亲每次见人都开始这么说了。连自己的母亲都不能拉来自己这边，怎么可能在工厂里把各种各样的同伴组织起来呢？如果这件事有许多真正的含义，伊藤等人便是一个典型。对她这种获取未入组织之人的技巧，我惊叹不已。哪怕有一点点时间，她也去浅草看歌舞表演，或者看国产电影，看无产阶级小说。而在动员未入组织之人的时候当即作为话题巧妙地利用起来（顺便说一句，她长着一张吸引人的漂亮面孔，

169

即使一声不响，下班路上也有男工找她去白木屋分店或松坂屋①，给她买好多东西。她非常冷静地将计就计）。

她是很愿意听别人意见的坦诚女子。但对自己以往通过多达几十次的经历筛选而获取的方法，则如石头一样顽固坚持。眼下需要这样的女同志。尤其仓田工业的百分之七十（八百人之中）都是女工，她的存在意义就更大了。

除了仓田工业，我还做"地方委员会"的工作。而胡子被捕几乎已确凿无疑，因此他的一部分工作也要承担，一下忙了起来。好在住处已经落实，加之没了工厂活动，可以充分制订日常生活计划，比过去更加精力充沛地投入工作之中。

在工厂时，可以把握厂里每天每日的"动态"，将其及时反映在第二天传单之中。现在，那项工作已由须山和伊藤负责。最初我担忧离开工厂的后果，但通过同须山他们保持密切的组织联系，不仅没有

---

① 白木屋分店或松坂屋：日本当时有名的大商店（分店）。

170

"漂浮"，反而得以拉开距离看出须山和伊藤他们（包括以前的我）被眼前的事分散了所有的注意力，因而无法从发展角度长远看待事物。这让我饶有兴致。可以说，这表面上似乎采取十分精细的观察方法，实则在某个固定框架内睁大眼睛逼视。不用说，这是因为我做容易高瞻远瞩的"地方委员会"工作的关系。从中得知自己无需担忧自己"漂浮"。

我首先觉察的是这样一种倾向：在八百人之多的工厂里，只有四五个人的支部在拼命（绝对拼命）活动，尽管只有四五个人，但不用说，若没有支部的拼命活动，就不可能驱动整个工厂。而为了通过这四五个人的拼命活动驱动整个工厂，就必须同厂里的大众性组织结合起来（或者建立那样的组织并在其中活动），进而使之成为具体问题。如果不考虑这项实际计划，那么，势必以四五个人的、毫无发展前景的独角戏而告终。而实际上这些临时工女工们正准备组织临时工"亲睦会"——虽说我们好歹相识了，也还是要各奔东西，但毕竟"袖口相碰"也是前世因缘。还有，临时工、正式工之所以因为

工钱等待遇问题而关系不好，是因为工厂故意使坏造成的。其中也有"互帮互助"而成为好友的人。虽说这不过是一两例，但若支部懂得努力将这种自然发生的个例变成大的团体（组织）并在其中（不是自己四五人当中）劳动，那么，在不日到来的解雇六百人的时候用来驱动整个工厂也并非不可能。

尤其是，仓田工业是生产毒气面罩和降落伞、飞艇船舷的军需品工厂，战争期间工厂组织的重要性是不言而喻的。战争开始以来，我们把组织的重心放在军需品工厂（主要是金属和化学）和交通产业（运送军队和武器），在里面开展活动。于是我、须山、太田、伊藤等人打入仓田工业。只是，这种情况下，因为我们是临时工，所以不出半个月都将被砍掉，必须争分夺秒让组织扎下根来。为此需要争取正式工。那样，就算被砍掉，也能通过留下的组织之根同外部的紧密联系而使活动顺利继续下去。我们决定：哪怕话题再小也要抓住，时刻促使正式工同临时工相互接触，在方向上推动二者结合起来。但与此同时，即使临时工中间的组织，在他

们被砍掉后也势必另找工厂，进入各自的工作场所，即成为所谓"孢子"。因此，和一个个临时工之间，往下再往下也绝不能放手——我们必须把这些工作在被解雇之前的短时间里完成。

两三天后和须山预定在街头见面时，须山以奇妙的手势挥着手走来。每有什么他就总是做出那副样子。见面后慢慢说这种方式，对于他似乎实在痒得难受，从而马上在动作上表现出来。于是我想怕是有什么了。我拐进一条小路。本应再拐进一条小路后两人才并肩行走，然而须山已经一阵小跑从后面打起招呼来。

"太田有报告来了！"他说。

难怪，我心想。

报告是一个"不良分子"拿来的，说是受人之托。从仓田工业走上电车道，那一带是"花街柳巷"。电车道两侧的小巷排列着带小圆窗的妓院。一入夜就开门迎客，到处欢声笑语。而且，什么什么"组"的什么什么"坏分子""不良分子"在这一带飞扬跋扈。不料，一个"游手好闲的无赖"被以威胁罪

抓进 N 警察署的时候，在拘留所偶然同太田关在了一起。于是，"游手好闲的无赖"出来时，太田托他来我们认识的 T 那里提交报告。

按报告的说法，我已受到非同一般的追查；甚至戴劳埃德眼镜① 都已被知晓；那帮家伙说只要花一点点钱就能立即逮捕，希望我充分注意。

我听了，说道：

"反过来说，正因为太田什么都说出去了，我才受到追查。"

"正是。你戴不戴劳埃德眼镜，只要不是特务认识你和你走碰头，那怕是不可能知道的。"须山也笑道。

于是，我们认为太田的报告是为了把自己的行径合理化而写的。相比之下，我们更想了解的是，太田在警察署供述了什么和供述到什么地步，进而据此及时制定对策。我觉得，看这个样子，太田肯

---

① 劳埃德眼镜：赛璐珞圆形宽边眼镜。因美国电影喜剧演员劳埃德（1893—1971）戴这种眼镜，故名。

定很快出来，对这种态度的家伙最要当心才是。

不过在工厂里，由于太田是正做工时被带走的，这点造成不小冲击。大家心想原来一直散发传单是他啊，从而产生亲切的感激之情。并且，一有什么就被工头斥为"老虎"（ultra①之意）和"国贼"的可怕的共产党即是太田，那种原来以为自己看不见的遥远的存在即是每天一起在降落伞布料上按熨斗的太田——这种意外使大家感到震惊。"太田总是考虑我们的事，结果被抓走了，我们是不是以工厂有心人的名义往警察署给他送点什么？"——伊藤嘉当即这样提起太田事件，把钱物集中起来。有七八个人出了钱，其中也有喜欢太田的女工。伊藤嘉从太田事件说到传单，说到厂里的劳作，终于把八九个人成功地争取过来。由于长期在工厂活动，她晓得提起怎样的话题能使大家跟上来。加上降落伞这边因为几乎全是女工，所以对太田的评价相当

---

① ultra：德语。极端分子、过激主义者。发音同日语"虎"的发音相近。

高。这点也给她巧妙地抓住了。她从八九人里边选出积极分子，以"仓田工业女工有心人"的名义派去警察署送东西。裤衩、短褂、夹衣、衣带、手巾、卫生纸，以及现金一元。在警察署，警察让那个女工等了一会儿，回复太田说："大家的好意自然难能可贵，但自己有自己的想法，所以不能接受。"喝令拿回。结果，对这种事不熟悉的女工就和四五个同伴一起把东西拿了回来。伊藤自己以前在警察署领教过这种名堂，就又去了一次警察署，死缠活磨把东西放在了那里。事后从须山口中听得太田原来这样，不由得大发脾气。

大概太田把自己的变节和卑劣看成自己一人的事，而不知晓这给众多工人心头投上了大块阴影。那家伙是个人主义者、败北主义者、叛徒。他还把警察尚未掌握的我的部署以及其后的行动也说了出来。这意味着，今后我同仓田工业的同伴们一起活动的困难程度增加了不止十倍。我们不仅由于敌人的特务，而且由于己方的"腐败分子"而浴火拼搏。那天交通费也不很够，只好走路回去。路上我的神

经变得异常敏锐，遇上的每个男人看上去都像是特务。我再三再四回头回脑，设想那些家伙由于太田的"进言"而严厉监视这一地段，以便逮捕我。据胡子介绍（以前介绍的），那帮家伙逮住我们一个，可领到五十元钱。想必那帮家伙为这诱饵而走火入魔。我忽然心想，如此不冷静的时候更容易出危险，我不能被捕。我走进"豆汤屋"慢慢歇了口气，然后返回住处。

我们没有退路。我们整个生涯都被活动挤得满满的。这和过着合法生活的人不同。雪上加霜的是，又出现了这种叛变行为。我们为之感到充满全身的愤怒和憎恶。如今我们已不拥有堪称私人生活的生活。所以我们是在以终生性感情（假如允许有这样的说法）愤怒和憎恶。

想必我正在气头上，竟然忘了跟阿婆打招呼——我规定自己出门进门都向房东好好打招呼——直接爬上二楼。

我坐在桌前，骂了一声："畜生！"

那以后，我和笠原忽然亲密起来。自己也觉得

奇妙。大凡我托她的事，她都做得滴水不漏。太田的叛变使得我最近决定搬去别处，但我不能自己到处找房子，就委托给笠原。与此同时，我试着考虑和笠原一起住。即便为了让非法活动长期继续下去，也还是那样合适。

住处有个男人，又没在哪里上班，而且每天晚上（一到晚上）都外出——被怀疑的因素可谓一应俱全。在工厂上班的时候，这点倒还好。特别是一个晚上平均有三四个联络，其间如果有一小时空白，就不能在外面逛来逛去，而要暂且回家。之后再次出门。那种时候，阿婆明显现出诧异的神情。仿佛在说是靠什么吃饭的呢？这种状态，查户籍的警察来时，有可能当即看出名堂。

笠原在公司上班，早上出门时间是固定的。那样，就算我看上去东游西逛，也可以解释为靠妻子的工资过活。人世间只相信有一份固定工作的人。于是我问笠原能不能和自己一同生活。她听了，突然用那对大眼睛（睁大的）瞪着我，什么也没说。过了一会儿，我催问一遍。她还是沉默。那天她到

底什么也没说就回去了。

　　下次相见时，看上去笠原在我面前坐得相当拘谨，那的确称得上拘谨——这以前是没有过的——肩缩瑟着，双手放在膝头，身体僵挺。在她住处留宿的第二天早上一起出门时，刚出门一步她就用男人般开朗的语声叫道："啊——啊，这下好了，畜生！"全然没有女人味儿。我不解地看着她。

　　我们谈了很多事。交谈中断时，她显得坐立不安。两人都回避上次的话题，一再往后拖延。事情谈定后，我终于开口了。来之前她是自己下了决心的。

　　之后我和笠原马上搬去新的地方。那里距离仓田工业稍远一些，但须山和伊藤是能乘电车通行的"身份"，就由他们过来这边。这样，既节省了交通费，又可以减少路上的危险。

四

须山在那边有事的时候，经常顺便到我母亲那里。告诉说我精神很好，又把母亲的情况告诉我。

我离开自己家时，由于事发突然，连对孤独的母亲都没能说明情况就不得不转入地下。那天夜晚六点左右，我像往常那样出门"联络"。我虽然从事非法活动，但又以堕落工会一名会员的身份在许多合法场合作为反对派进行斗争。不料，六点见面的那位同志说同我一起做工的 F 突然被捕："原因虽然还不清楚，但跟他直接联络的你必须马上转入地下。"我一时愣住了。假如因 F 的关系而知道我，那么，我仅仅作为堕落工会的革命反对派是不可能了结的，势必涉及上头。于是我想先回家处理该处理的东西，准备转入地下。也这样说了，心想这点儿时间总还是有的，结果那个同志（胡子）说道：

"开哪家子玩笑！"

他语气虽然像开玩笑，但态度很明确：绝对不能回家；要处理的东西委托别人；即使就穿这身衣服走也只好这样。"毕竟不是修学旅行啊！"他笑道。胡子是能以和蔼可亲的态度说出决绝之事的少数人中的一个。他举例说，一个转入地下的同志最后无处可去了，就说了句"今晚不要紧吧"而回去住了，结果第二天早上就被捕了——尽管有足够的理由考虑到监控危险性，但还是出门处理重要东西以致被捕！他一般不说一定不行。那种时候只是举个合适的例子。看上去他久经沙场，知道许多那方面的例子。

我从胡子手上借得他仅有的五元钱，窜到朋友夫妇家里。不料，听说第二天早上到底有警视厅和S警察署的特务一共四个人去我家抓我。一无所知的母亲吃了一惊，说昨晚出去还没回来。这么着，其中一个似乎"最厉害的人"说怕是听到风声逃跑了。

我就那样再未回家。须山每次带着我的消息去

我家时，母亲简直就像对待回家的亲儿子一样把他让到屋子里面，端出茶，目不转睛地盯着他的脸。须山搔着脑袋说被盯得不知如何是好。他讲了我跑出家之后的情况。每当中断的时候，母亲就催问："后来呢？后来呢？"自那以来，母亲夜里觉也睡不好。以致眼皮下面肿肿的松松的，两颊深深塌陷下去，脖颈细细的软软的，看上去东摇西晃。

最后，母亲问："还得多少天安治①才能回来呢？"须山无言以对。多少天？面对母亲那随时可能折断的细瘦脖颈，须山无论如何也讲不出真话。"这……时间不会太久吧……"他说。

我已经不知被警察抓进多少次了，在拘留所度过几次二十九天。母亲对此已经习惯了，何况前年还蹲了八个月监狱，那期间母亲一直探监送东西。因此，如今反而能理解我从事的活动了，只是不明白的是我后来为什么没给警察逮个正着，担心我跑来跑去后果不好。

---

① 安治：主人公"我"的名字，佐佐木安治。

182

过去我也许对母亲过于冷酷了，而我终归只能以有进无退的行动表现自己。但六十岁母亲竟然正在接近我的心情——我仿佛看见她那要比从事这种运动的我们不止困难一百倍的痛苦的内心挣扎。我的母亲是普通百姓，连小学都没上过。可是，从我在家时她就开始学习"いろは"①了。戴着眼镜，腿伸进被炉，背弓得圆圆的，把小木板放在被炉上，收集我用过乱扔的稿纸，用铅笔在背面练习写字。我笑道："开始搞什么呢？"前年我在监狱时，母亲因为一个字也不会写而连一封信也没能寄——"这太遗憾了！"母亲有一次说道。而且母亲也看出来了，我出狱后越来越深地投入运动之中。于是母亲心想，肯定还会被抓进去。即使免于被抓，但因为眼下是保释期间，迟早也还是要判刑入狱——母亲是为了那个时候学字的。我潜伏前不久，她虽然字写得东倒西歪，倒已能写出完全可以辨认的字了，这让我感到吃惊。这回她问须山："不能见到

——————————
① いろは：日语字母（假名）。

的吗？"须山说还是不见好吧。"信也不能写吗？"她又问。须山这样讲给我时，母亲这么说时的心情直接打动了我，我感到一阵难受。

须山临走时，母亲递出夹袄、短褂、裤衩和布袜，又叫他等等，走去厨房，在那里"咕咕嘟嘟"鼓捣了一阵子。我以为做什么呢，原来煮了五六个鸡蛋拿来。她还让须山转告我：鸡蛋一角钱能买三四个，一定要挑新鲜的生喝下去。我把煮鸡蛋给须山和伊藤吃了。"喂，伊藤，我们吃一个算了，不然过后要被老太太抱怨的。"须山笑道。伊藤偷偷擦眼睛。

后来须山去我家时，我让他清楚告诉母亲，自己四五年也回不了家了。使得我回不了家的，不是我从事的运动，而是警察那帮有钱人的狗腿子。所以不要恨我，而要恨这个黑白颠倒的社会。同稀里糊涂相比，让她一清二楚，反而能产生抵抗力。而且，我认识的一个同伴被警察逮住，说他和共产党有关。结果留在家中的妻子和母亲说我的丈夫、我的儿子没有那种"阴影"，无中生有地说是共产党

是"想要治罪"。果真如此，那么就是说那个同伴的家人们在说共产党是"阴影"，若是共产党，治罪也未尝不可。我想，尽管母亲六十岁了，但我的母亲不能有那样的想法或说出那样的话。过去五十多年时间里，我的母亲一直生活在贫困的最底层。把话挑明，我认为她是能够理解的。

须山说我母亲默默听着这些。她另外这样问道：自己现在六十岁了，得了病什么的，今天明天说不定就会死掉。那种时候也不能回来一下吗？须山根本没预料到那种情况，不知怎样回答才好。后来我对他说，那种时候也不能回去。

"喂喂，那话是说不出口的！"须山现出困窘的表情。

我也并非不认为这对母亲是残酷的。但这一来是无可奈何的事，二来我认为有必要通过所有事情让母亲心里怀有对统治阶级的终生性憎恶（母亲的一生实际上也是那样的）。我再三求须山转告：自己不能见母亲最后一面也全都是统治阶级造成的。不过，那天见须山时我到底心口怦怦直跳。

"怎么样?"我问。

"这么说来着……"

须山介绍,我的母亲近来瘦了一些,脸色也好像苍白了。再次问能不能见上一面。

我倏然想起"渡政"来。渡政转入地下时,他的母亲(不仅仅是渡政的母亲,也是整个无产阶级的母亲)问一个同志:"再也见不到阿政了吗?"同志们告诉母亲:"见不到了。"我把这件事讲给了须山。

"那个自然明白。不过又不是要告诉你的住处,还是在哪里见一次吧!"

实际目睹母亲样子的须山被打动了。

"可是,不那么做都给那帮家伙盯着呢,万一有什么……"

但我终究被须山说服了。决定慎之又慎,利用我们平时不用的地段的场所,由须山用汽车把母亲领来。在那个时间我去那家小餐馆。母亲坐在桌子对面,离开桌边一点儿孤单单地坐着,神情郁悒。一看,母亲穿着出门时穿的最好衣服,这让我心里

有些难过。

我们没怎么说话。母亲从桌下拿起包袱，取出香蕉、枇杷，还有"煮鸡蛋"。须山马上要走。母亲硬把鸡蛋和香蕉塞到他手里。

过了一会儿，母亲一点点讲了起来："脸好像比在家时多少胖了，我就放心了。"母亲说她近来差不多每天都梦见我又瘦又老，被警察逮住打骂（母亲把拷打说成打骂），睡不好觉。

母亲又说在茨城的女儿的丈夫往下会想法照顾自己的，要我别担心。由于话说到这里了，我就把以前通过须山转达的话从我嘴里重说了一遍。"知道。"母亲微微笑道。

这当中我觉察出母亲总好像有些坐不住，说话也沉不下来，没办法静静说完。母亲终于告诉我：没见你的时候总是坐立不安。可这么一见，又担心得不行，生怕你因为这么做而被逮住。所以差不多该回去了。难怪母亲每当别的桌子有客人来时总是往那边看，不是说"那位客人好像不要紧"，就是说"那个人长相挺凶的"。而我反而浑然不觉，用

187

在家时那样的语声说话。于是母亲提醒我压低嗓门。母亲说，与其这么担惊受怕地见面，还不如知道我健健康康地工作好些。

临走时，母亲说她已经六十了，往下打算再活二十年，活到八十岁。但毕竟六十了，明天就死了也不一定。知道我死了，难保你一定不回家。而那一来就要冒危险，所以死了也不通知你。临死能不能见上一面，对普通世人来说或许再没有比这更大的问题了，何况对于六十岁的母亲。母亲下了这么大的决心，这让我感到浑身收紧般的激动。我沉默不语，也只能沉默。

走到外面，母亲在我的背后说自己一个人可以回家，让我放心走。随后突然以担忧的语声说：

"你的肩总好像有毛病。知道的人从身后也能马上知道是你。得改掉这个毛病，走路别晃肩……"

"啊，大家都那么说。"

"是吧？马上知道的！"

母亲临分手时自言自语重复说了好几次"马上知道的"。

此前留给我的最后的个人生活退路——同至亲的关系被切断了。往下第几年新社会（我们在为此战斗）到来之前，我不会同母亲一同生活了。

不久，胡子来了报告。

胡子最初在 T 警察署待了五天，之后转到 K 警察署，在那里关了二十九天。报告是和他同监的一个朝鲜工人带到须山和伊藤他们出入的 T 那里的，情况这才明白。报告写道：自己是在住处被捕的；但其原因无论如何都猜不出来；决不要为重建阵营而焦躁、而闷头蛮干或沦为权宜主义。"焦躁""闷头蛮干"和"权宜主义"三个地方特意加了"·"。

看了，我、须山和伊藤为自己甚至"焦躁""闷头蛮干"那个程度的事也没做感到羞愧。

胡子家里有父母兄弟。那边也给我（以我们之间称呼的名字）寄来了报告："自己只打算写'白纸说明'、我什么都'不知道'——就这样一口咬定。"大家看了，说道：

"这下子太田带来的气恼全都消了！"

189

我们坚信：无论出怎样的叛徒和出怎样的机会主义者，都有一条正确的线在其间明确划出，划得又粗又红。

胡子平时像口头禅似的说过，面对敌人的审问，只要说了一句什么，就意味不服从什么也不能说这条我方的铁的纪律，而屈服于让他说什么这条敌人的纪律。理所当然，对于共产主义者、党员，必须服从的不是敌人的纪律，而是我方铁的纪律。现在他以实际行动表明了这一点。

"伊藤可知道沙巴洛夫？"须山问。

"马克思主义道路！"

"资料夹又来了！"我笑道。

"听说沙巴洛夫被捕后，七个月时间坚决一言不发。并且这样说道：对于一个平凡的人，要做到概不陈述，亦即，最好的表现是采取我坚持七个月的战术。"

伊藤听了，说：

"不过，上次成为无产阶级戏剧主人公的我们的一位女同志，就连对方完全清楚的自己的姓名和

原籍也不说，坚持抗争到底，直到出狱——超过沙巴洛夫！"

她像说自己的事一样说道。须山似乎懊恼地咔嚓咔嚓搔着头。

于是，我们决定将"作为一个平凡人"面对敌人审问一言不发一事作为本次支部会议的决议加以实行。同时决定不将这项决议局限于此，而向上级机关报告，争取使之成为全党决议。

根据后来送到 T 那里的报告，胡子又从 K 警察署被转去 O 警察署，在那里从早到晚被七八个人拷打了三天。双手绑在背后，就那样吊在房梁上，拷打的人从下面用竹剑抽打不止。昏过去了就灌水，如此反复几十次。但他一言不发。

伊藤看了这份报告，"太可恨了！"她说。她也有两三次在警察署连衬裤都被扒了，赤身裸体，给竹剑尖头捅得滚来滚去。

这些同志的英勇斗争鼓舞了我们。本来我有了困意，很难把明天之前必须做完的工作赶出来，想躺下休息。但这种时候想到"监狱"中的人的事迹，

就克制自己，打起精神。想到那些人，困这点儿事又算得了什么呢？现在狱中的人怎么样了呢？是在被拷打吧？我们各种日常生活就这样同狱中同志的生活直接结合在了一起。虽说内外不同，但在对统治阶级斗争这点上丝毫没有差异。

五

伊藤在临时工中争取了八个同伴。仓田工业要砍掉六百名临时工一事愈发变得确切无疑。十元补贴也不大可能，（自共产党传单散发后）这点在任何人眼里都一清二楚。这种不安同我们的方针不谋而合，亲睦会的凝聚力比预想的来得容易。

女工们下班路上已经饥肠辘辘。伊藤、辻和佐佐木她们（辻和佐佐木是同伴中素质最好的）邀大家来到"豆汤屋"和"荞面馆"。做工整整站了一天，早已筋疲力尽，大家吃的全是甜食。由于总算没了机器的轰鸣声，人们恨不得放开嗓门把一整天的事一吐为快。

伊藤她们是像下面这样做的。伊藤在那么多人里边也被高看一眼。所以，即使伊藤在豆汤屋等地方说"像模像样的话"也没什么不自然。辻和

佐佐木则"敲边鼓",和大家一起故意向伊藤提出各种各样的、时而反动的问题,创造谈起正事的契机。起初互相配合得不够协调,或者卡住不动,或者一个劲儿原地兜圈子。还有时险些露出"合谋"马脚,让人心惊胆战。在那种情况下,最后走出豆汤屋时三人都发觉黏糊糊出了一身大汗。但一两次之后,明显变得巧妙起来。"敲边鼓"一旦敲熟了,完全可以毫不费力地将以朋友意识跟来的女工顺利吸引过来。因此,"敲边鼓"的人,必须清楚了解觉悟低的普通女工所不知不觉怀有的想法和偏见。

女工们聚在一起,谈论的不外乎谁和谁不正常啦,谁和谁黏黏糊糊或两层皮啦。见面时伊藤曾对我说过这样一件事:面罩车间的正式工吉村给阿布这个降落伞女工写了一封情书,要找个安静地方慢慢聊聊。于是大家一出厂就叽叽喳喳说个不停,走进荞面馆也还是尽说这个,说阿布接到信后马上涂雪花膏涂得厚啦,把小圆镜拴条细绳吊在衣带前边做工边始终照镜子啦,如此没完没了。不料,同伴

中一个叫阿茂的多少机灵些的女工道出这样一番话来：阿布不无伤心地对她抱怨，本来说找个安静的地方慢慢聊聊，可是厂里轰轰隆隆吵得不行，而加完夜班回来已经九点十点了，累得一塌糊涂。再说那个人七点就下工回去了，没办法碰在一起。"怪可怜的！"有人说。这么着，"敲边鼓"的佐佐木说："瞧这样子，我们连悄悄说情话都不可能啊！"于是大家议论起来，"说的是""一点不错"。

"即使为悄悄说情话，让人干活干这么长时间也是受不了的。再说偶尔也想和那个人单独去看一场电影的嘛，是不？"

大家笑道："正是正是！"

"何况工钱这么低，电影也看不起！"

"对对，要是不减少做工时间、增加工钱，连情话也说不成！"

"工厂实在不像话！"

"我们那里的工头，今天这么吼来着：知道眼下是什么时候吗？战争！你们要把自己看成军队的一部分拼死拼活做工才行！要是战争吃紧，就得给

你们和士兵同样的工钱让你们干个不停。这是为了国家！——秃脑瓜子这么说来着！"

这让伊藤也吃了一惊。在伊藤也不怎么注意的时间里，"说情话"发展成了工厂待遇问题。就连"敲边鼓"也对此目瞪口呆。再往下，顺理成章地变成了对工厂待遇的攻击。

从伊藤口中听了，我想果不其然。战争开始后，劳动强化无论哪里都变本加厉，但同干同样的活（或者有过之而无不及），而对女工的剥削却急速加重起来。现在，就连"说情话"也离不开经济上的解决了。这点大家都深切感觉到了，并非一种说笑。

伊藤最近准备请那伙人看一场有趣的戏剧。伊藤、辻和佐佐木说大家想看浅草的歌舞表演或片冈千惠藏①，就打算在"敲边鼓"的诱导下去"左翼剧场"。

听完伊藤的报告，我说了自己的想法：将男工也拉入同伙之中。只要同须山取得联系，这应该不

———————————

① 片冈千惠藏：1903—1983，日本电影演员。

是难事。若有一两个男工进去，大家情绪肯定不同。另外一点，不光临时工，还要注意把正式工也拉进来，这点最为要紧。伊藤也同意了。

接着，为了应对六百人的解雇，我们决定不再散发总的说来属于"工厂报式"传单，而将传单与工厂报分开使之独立。

我让须山考虑工厂报的名字，他说"情话降落伞"如何？说着，鼓了鼓鼻腔。

工厂报决定以"面罩"为名出刊。眼下我没去工厂，就由 S 负责编辑，我往手头收集伊藤、须山的报告，在此基础上写稿，转到打字机那边。伊藤一大早从兼打字员的交通员手里接收报纸。我和须山、伊藤天天保持联系，调查工厂报的影响，将其经验教训反映在下一期编辑中。

听了伊藤和须山的报告，得知厂方也在时时刻刻商量对策。现在不再就十元补贴和解雇的事说得那么耸人听闻了。显而易见，已有什么进入下一步对策。不用说，那是为了不出十元补贴、为了顺顺当当一举解雇的策略。可是，如果不让大家清楚知

197

道那个策略实际上是怎样的东西，不把它亮在大家面前，那是不行的。如果一如既往地老生常谈，大家势必从我们跟前离开。我们的战术必须准确适应资产阶级千奇百怪的战术。回顾我们过去的失败，最初总是我们让敌人害怕。但是，一旦敌人把握了我们的主要做法，我们就反胜为败。然而我们看也不看敌人到底想干什么，只顾一成不变地横冲直闯。于是敌人往往在最后关头把我们打垮。

伊藤到底注意到了这点，说"近来总有些蹊跷"。而蹊跷在什么地方则蒙在鼓里。

第二天，须山拿来一个纸条：

告　示

由于诸位勤奋努力，工厂工作进行得非常顺利，为此与大家分享喜悦。想必诸位也很清楚，战争仅靠军队是无能为力的。如果没有诸位全力以赴制造面罩、降落伞和飞艇船舷，我国绝不可能获胜。因而，纵使工作多少辛苦一些，也恳请诸位以战场

上冒着敌人枪林弹雨冲锋陷阵的将士那样的心情和觉悟努力工作。

以此一言促使诸位觉悟。

厂长

"我们的活动进入了第二阶段！"须山说。

厂里说，原本打算按起初讲好的，在工作告一段落之后解雇六百人，但现在改变方针，将认为成绩优秀的二百人左右转为正式工，希望各自努力工作——将这样的传闻在厂里散布开来。

我和须山心里叫苦。这个"传闻"，目的明显在于阻碍解雇那一瞬间到来之前反抗组织化。另一方面，企图利用"告示"，以可能转为正式工这一诱饵促使大家拼命劳作，进一步敲骨吸髓。

为了揭露这一本质，须山把告示抄了下来。我们因此得知工厂的下一步战术。

我和须山、伊藤天天联络。但是，仅靠联络是无法制定精密对策的，所以按每周一次的安排三人坐在一起。地点由伊藤想办法。须山和伊藤因是合

法存在固然可以，而我在同一场所一坐两三个小时就相当危险，须仔细注意。我和伊藤在街头碰面时问清场所，在查看周围情况得知较为安全之后，就让她和须山先去，我随后选另一条路赶去那里。到了那里我也不直接进去，而物色一定的场所。弄清没有异常情况，伊藤就在那个场所做个"记号"。

一天晚上——白天肿胀的柏油路面有温吞吞的风吹来的晚上——我带着准备交给须山和伊藤的"战旗"（机关报）和小册子离开住处。这天晚上预定"坐在一起"。走到半路，拐角站着两个巡警。来到另一拐角时，有三个站在那里。我心想不好，身上带着东西，今天的碰头怎么办呢？我一边想着，一边犹犹豫豫行走之间，发现派出所那里也站着两三个巡警。令人吃惊的是下巴还系着帽带。明知掉头往回走不合适，但别无他法。我稍微放慢了脚步。这时，一个交警好像往这边看着，而且像要往我这边走来。我当即做出东张西望的样子，然后把手放在帽子上，问道：

"S街是这边吧？还是……"

交警以不无厌恶的眼神打量我一番：

"S街是这边。"

"啊，多谢多谢！"

我朝那边走去。走了一会儿若无其事地回头一看，注意我的那个交警回过头和两人说什么。我心里骂道畜生！而后拍了拍怀里的"战旗"和"小册子"。"后悔了吧？五十元没到手！"

为防万一，我还是返回住所。看第二天早上的报纸，原来发生了杀人案。我们时常受其他事件连累。不过，那帮家伙动不动就以这类事件为借口搞什么"剿赤"。实际上他们每次都胡诌"有意料不到的副产品"就是证据。据S介绍，外国杂志上说日本既没有深夜外出的自由，又没有在茶馆酒吧不受官宪强行检查畅所欲言的自由。确实如此。而那尤其用来围剿我们。

我经常留意报纸，早晚外出一定查好自己所去方面有没有什么事件才动身。关于流窜至今的杀人犯或强盗被捕之类的报道，尤其看得不放过任何边角。那时不但自己订的报纸，还让笠原买了各种报

纸认真阅读。一次关于一个隐藏了七年的犯人的报道，在许多方面给了我启示。每天早上的报纸，我首先从那样的报道读起。

我同现在一起转入地下的 S 和 N 之间展开"不被捕五年计划"的社会主义竞争——五年计划越延长——延长到六年、七年——成绩越优秀。为此提出的口号是："五年计划六年完成！"为此，日常行动依赖偶然性是不成的，而需要在科学考察的基础上展开行动。笠原时不时从旧书店买《新青年》①让我看。不知为什么，有时我也读侦探小说读得津津有味。

第二天去定期联络时，须山一见我就连声说："太好了、太好了！"他说本来认定我出事了（因我从未失约），"在实际看到你之前，满脑袋里是糟糕想象，难受得不行。"

我讲了昨天受的牵连，笑道：

"五年计划六年完成，不是吗？"

_____

①《新青年》：日本于 1920 至 1950 年之间刊行的通俗杂志。

"那倒是……"

昨天我因受"杀人犯"牵连而没能"一起坐"，须山今天作好了准备。场所是伊藤的宿舍。她一两天内要搬离那里，所以决定利用她的宿舍。宿舍里住了七八个人，条件不怎么好。若是我想小便，就用伊藤有病时买的便盆，而不下楼去厕所。如果在厕所里碰上同宿舍的人而对方又认识自己，可就麻烦大了。

我对两人说："往那边看！"然后走到房间角落，往玻璃便盆里方便了事。伊藤一下下抖动肩膀笑了。

"臊！"须山夸张地捏着鼻子。

"麒麟纯生！"我一边把便盆塞去角落，一边逗两人发笑。

情况已很清楚，仓田工业终于进入最后攻势。伊藤的报告中也写了，例如和伊藤一起做工的降落伞女工正在看今早进来的第三期"面罩"时，四五天前刚进厂的一个男工一把抢了过去，对女工拳打脚踢。每有"面罩"和传单进来，大家对工头固然

提防，而对同伴并不顾忌，于是疏忽了。伊藤见了，觉得情况不正常，就调查了那个男工。后来从一个清洁工口中得知那个男工是这个地区的青年团成员和在乡军人，战争开始后被特别雇用来的。留意这个男工时间里，发现第一车间和第二车间也有其同伙。做工当中有时也离开机器，跑去其他车间。再留意一看，工头见了也一声不吭。而且，最近似乎还同仓田工业内部原来就有的（虽然有，但过去没做任何活动）大众党系统"僚友会"中的清川、热田等人有了往来。

奇怪的是，过去没有任何动作的僚友会近来多少动了起来。此其一。其二，出现了（至于出自哪里则不清楚）这样的传闻：当下正是国家非常时期，从事有重大责任的工作的我们必须比其他产业工人更加自重和紧张工作。为此，将由仓田工业的军籍相关者成立在乡军人分会。同时得知，厂长方面似乎表示赞成。传闻大概是从特别雇用的那伙人中传出来的，而僚友会中的一两人提供了帮助。这点已确凿无疑。只是，这种事由工厂出面效果不大，因

204

而策动由职工内部自发组织。这点也已清楚。

"你那边怎么样？"我问须山。

他说自己这边表现还不明显。不过——他略一沉吟——最近午休等时间里有个男的开始走来窜去大谈战争。"伊藤君刚才的报告让我意识到，"随即他说了很多情况，"虽然以前午休等时间成为大家话题的也是战争啦景气啦什么的，但那都是大家从哪里听来的。或者得意洋洋述说自己朴实的想法，或者灰心丧气聊上几句。而觉察到时，情况已经变了，出现了有计划到处煽风点火的人。"如此看来，毫无疑问，对方正在全面出击。

为了战胜他们，我们有必要正确而科学地认识敌方势力。他们现在知道仅仅从上边百般强迫从业人员是不够的，仅仅靠以警察西服监视工厂出入情形也是不够的。作为第三步安排，必须设法从职工内部妨碍我们组织的渗透。为了达到这个目的，策划傀友会出动，力图在工厂中扩大青年团和在乡军人分会的组织。工厂毕竟是工厂（尤其军需品工厂），具备容易建立这些组织的危险条件。必须说，

我们正从三路同敌人势力分庭抗礼。

按须山的说法，在厂里走来窜去鼓吹战争的做法和以往不同，他们不是强调"忠君爱国"，不是说这次战争的目的要像上次战争那样为了让三井、三菱在占领的地方创办大厂，而是说为了无产者的活路。还说拿下满洲就赶走大资产家，只由我们建立王国。内地失业者接连不断前往满洲，日本再没有失业者。俄国一个失业者也没有，我们也非那样不可。所以，这次战争是为了无产阶级的战争，我们也要力所能及地在所分配的各个部门拼命工作。

僚友会的清川和热田说这次战争的根本目的是让大资本家在殖民地实行新的剥削战争，午休时同在乡军人、青年团职工展开议论。不过清川说另一方面这次战争也为无产阶级带来利益。例如金属化工等军需品工厂盛况空前，有多少人也不够用。这点即使看"战争股"暴涨也一目了然（不知在哪里听来的），帝国火药股从原来的四元倍增到今天的九元，石川岛造船从五元变成二十五元，制造弹药的锑从二十元上下的行情涨到时下的一百元。这还

不算，本以为德国在世界上大战中一败涂地，不料克虏伯①钢铁厂却获得了平时十倍的纯利润。我们的生活也因此而得到了恩惠。所以对战争不能一概反对，而要最大限度利用它——这是他们的意见。到了这个地步，青年团和在乡军人即使议论，意见也不知不觉一致起来。

看午休时的情形，青年团说的"满洲王国"，总好像梦境似的，不知该信还是不该信。若是真的就好——虽说是这个程度，但临时工们对清川他们的话还是赞成的。至于上战场会死掉还是落下残疾，抑或清川说的"满洲王国"对自己是否真有好处，那当然不清楚，但反正因为有了战争自己得以从长期失业中挣脱出来而好歹有了职业。所以，尽管临时工没有补贴，被强制加班且因是临时工而同正式工做同样分量的工作也被压低工钱，但毕竟得了战争的好处——临时工们这样认为。

像清川那样甚至忘记自己至少是"为了劳苦大

---

① 克虏伯：德国有代表性的钢铁、造船等制造成套设备的大公司。

众"的政党——大众党的一员，俨然资本家担忧股价或考虑其好处这样的意见，也巧妙地抓住了职工们（特别是临时工）眼前的利益。

到了需要当众揭穿这种想法背后的东西以便充分说服女工们这个关口，伊藤本身和同伴们就捉襟见肘了，无法充分反驳。"干着急，没办法。"伊藤说。我想伊藤这种情况是真的。关于这场战争的本质在哪里，我们诚然明明白白。可是在避免自鸣得意而让大众理解，即结合大家每天的日常生活加以说明这方面，我们还相当笨拙。列宁说在战争问题上，甚至革命工会也往往犯错误。何况清川和热田他们正在千方百计浑水摸鱼，以致难上加难。

工厂里面，近来喝令从五点干到六点、干到七点，却又不相应支付工钱。这在近来成了家常便饭。临时工虽然嘟嘟囔囔发牢骚，却又担心不干而事后转不成正式工，只好留下。可是不吃盒饭无论如何也干不到六点。盒饭钱也没有。这一来，就出现这样的状态：因为干到六点反而减少了一天的工钱。这种手法等于不说减工钱而实际减工钱，大家都愤

慨起来："捉弄人！"伊藤所在的降落伞女工那边提出，加班干到六点时必须出盒饭钱。

不仅如此，最近劳动时间十个钟头倒是十个钟头，但情况和原来截然不同。由于说可能转为正式工，大家的干劲简直火上浇油，几乎像换了人似的。以前可以边做工边和旁边的人说话，甚至可以像阿布那样把手镜吊在衣襟带上，时不时窥看一眼。而现在连用袖口擦啪嗒啪嗒滚落的汗珠的工夫也没有。降落伞等东西要用电熨斗，出汗出得水淋淋的，汗珠啪嗒啪嗒落在降落伞上。从生产量来看，得知工厂比以前多赚了不止百分之四十。尽管如此，工钱仍一如既往。这点实际干活的员工一清二楚。但回到个人生活，大家还是分开考虑，认为"战争"是战争、"工作"是工作。不知道变本加厉压在工作上的残酷性全是来自战争。因此，只要告知其间的关联，大家就能以本能看透清川和青年团的诡辩。

这样，作为支部应该把新的斗争重点放在哪里就清楚了。为了切除清川和热田他们在临时工中的影响，大家要向僚友会提出"反对强化劳动""提

209

高工资"和"改善待遇"等等。那一来，他们势必摆出各种理由，终归不仅不站在斗争前线，反倒拖大家后腿。要尽快抓住这点，让大家看清那帮家伙并非向着自己的。进而，作为支部会的决议，我们决定在"面罩"编辑当中不屈不挠地揭露厂内法西斯、社会法西斯。

须山一边用一根根火柴烧写坏了的纸片，一边说道：

"这么看来，有他无我、有我无他的决战正步步逼近！"

"正是！为了战胜他们，一要有科学的正确方针，二要有无论发生什么都把它贯彻到底的决心。如果法西斯联盟出动，我们就决一死战！"

听我这么一说，须山笑道：

"对我们来说，工厂不是城堡，而是战场！"

"这是从哪里摘抄的？"

"独创！"

之后参加"地方组织"（党地方委员会的组织部会）时，有报告说在官营的 N 兵工厂，仅靠携

带手枪和刀剑的宪兵监视已不够用，而让宪兵穿上职工服混入各个职场的要害部门。那里的支部最近所以遭到检举，原因是做工作稀里糊涂地做到"身穿职工服的宪兵"头上。那种职工表面上故意做出有觉悟的样子，实则再危险不过。仓田工业本来不是兵工厂，还不至于来宪兵。不过，事态稍有发展，可以设想难免走那一步。

六

看表，才九点。于是打算闲聊一会儿，我们躺倒伸长身体。看伊藤的梳妆镜，那比笠原的气派得多，黄、红、绿等颜色的胭脂也一样不缺。

我"嗬嗬"两声。

伊藤发觉后，站起身来：

"讨厌的人！"

"伊藤红黄绿变幻莫测，天天夜里呼风唤雨。"须山笑道。

"喏，那里有三越啦、松坂屋啦好多包装纸吧？都是别人进贡的，幸福的天使！"

工厂里，要是哪个女工稍有姿色，一般说来，监工、相关负责人和男工同伴就给买东西，或领去松坂屋，或去"豆汤屋"一起吃喝。就伊藤来说，若是有发展可能性的普通员工，她就应邀出去，当

然自己也邀过。所以，她去工厂都要化妆化得漂漂亮亮。男工也同样，如果衣着整治，长相也多少潇洒些，女工们就会"直接而具体地"贴上前来。

"如何，近来？"

我这么一说，须山摸着下巴嘻嘻笑道：

"一片萧条。"

"阿嘉还没有？"我手托下巴，头不动，只斜过眼睛问。

"没有什么？"伊藤反问。明白过来后，稍微动了动（一瞬之间）脸上的表情。旋即满不在乎地说："没有，还没有。"

"据说要待革命成功之后。理由据说是：我们男同志一旦结婚，由于三千年来潜意识作怪，尽管身为马克思主义者，但也还是要将阿嘉变成奴隶！"须山笑道。

"须山不打自招！"伊藤莫如说相当冷淡。

"没有找到好同志吧？"我看着伊藤说。

"我怎么样啊？"须山霍地挺起上半身说。

"过头了过头了！"

听我这么一说，须山嬉皮笑脸地问：

"选哪个？还是我吧？"

"这家伙！自作多情恬不知耻！"

三人笑出声来。环视我们四周，能和伊藤势均力敌的同志好像也没有谁。我想，假如她真的发现了自己的对象，那一定是优秀同志。两人的生活一定是同党内生活相辅相成的"样板"。虽然我一直和伊藤一起活动，但是一次也没有把她设想为这种问题的对象。这是伊藤何等非同一般的证据，不知不觉之间难免反映到我们的心情上。

"我要负责任地给你物色个好样的家伙！"尽管语气是开玩笑的语气，但含有我的真实心情。

但是，伊藤那时朝我转过苦涩的脸……

往回走时，刚上大街，我就拦了一辆出租车。车似乎走近路，不断在昏暗的路上拐来拐去，而后忽然开上灯火辉煌的热闹路面。我做出醉意上头的样子，把帽子拉低遮住脸。

"到哪里了？"我问。

对方说"银座"。我心想糟糕，这种繁华地方

我习惯不来。但我没那么说，把帽子拉得更低了，以便掩人耳目。不过，有几个月没看见银座了？我屈指计算，足有四个月了！我不时注视两侧。同我在那里走动时相比，变了不少。不觉之间，我贪婪地看了起来。我曾经有过类似的感情。那是前年往监狱去的时候，我在监狱的押送车里戴着手铐，前往法院出庭预审。路上我从拦着铁条的窗口，时隔半年看着"新宿"的拥挤场景。我看一座又一座建筑物，看一块又一块招牌，看一辆又一辆汽车，看人群中一个又一个人。我是多么希望人群中有某个相识的同志正在行走啊！为此不知看得多么仔细。之后回到监狱的单人房，一两天时间眼睛都一下下作痛。

车来到四丁目十字路口，"丁零丁零丁零"铃声响了，对面电柱闪出红色。于是我乘坐的出租车在停车线停住不动。形形色色的行人三五成群紧贴车窗接连走过。我心慌意乱。甚至有人往车里窥视。为了紧急关头能够逃跑，我手搭另一侧车门把手，下颚低在胸前。片刻，"丁零丁零丁零"铃声响了

起来，我舒了口气，松开把手上的手。

我看着来来往往散步的无数人。这么说来，我发觉自己的生活已经全然不具有散步这个东西了。我不被允许一晃儿出门，在房里也不能随便开窗以免外面有人看见。在这点上，同在拘留所和单人牢房的同志毫无区别。从某种意义来说，甚至比那些同志还要难受——能够一晃儿出门而又必须控制不出。

但是，我因为有必须如此的自觉还算好的，而和我一起的笠原看上去因此相当难受。有时她还是想和我一起外出的，却又横竖不能，显得心焦意躁。并且，笠原上完白班回来时，我总是失之交臂地外出了。我白天在家，单单晚上活动。因此，一起坐在房间中的时候很少。如此状态过了一两个月，笠原眼看不快起来。看上去她在克制自己不表现出来，但时间一长，就开始朝我发泄了。同完全不能过个人生活的人在一起，和大部分个人生活范围都在背后的人在一起，那是很难忍受的事。

"和你在一起以来，夜晚你一次也没在家待过，

216

一次也没和我散步！"最终，笠原说了这种再明白不过的傻话。

为了弥补这一差距，我想把笠原也拉到活动中来，尝试了几次。但在一起之后，我知道笠原这人不适合做这个。她是个感情肤浅、没有定力的女子。我对她说"你是气象台"，一点点小事就会使她大声嬉闹或者反过来气急败坏。这种脾性的人是根本做不成我们这样的工作的。

当然，一天的大半要花在远离打字员那种工人生活的工作上，回家又被做饭、星期天又被两人要洗的衣服从后面追赶着——那是负担相当沉重的没有自由时间的生活，让我于心不忍。可是她连从中自行奋力跳出的力气和意识都不具有。即使我想让她那样也跟不上来。

我半路从出租车上下来，走了两个公共汽车站的距离，回到家里。笠原面色苍白，愁眉苦脸地歪在房间里。看见我，说道：

"我被解雇了……"

由于过于突然，我伫立不动，默默看着对方。

笠原虽然没有做什么，但商会里有传言说她"赤色"。于是，主任去了作为保证人的房东那里，得知她早就不在那里了。因为我的住处谁也不告诉，所以她仍将自己的住处写作以前的地方。商会愈发觉得奇怪，当即把她解雇了。

我一直用笠原的工资支付房租和零零碎碎的日常杂费，勉强可以填补漏洞，保证活动不受阻。所以,她的失业是相当大的打击。但既然这样定了，这时本应从商会尽可能多拿一点钱，但我是非法身份，说话硬不起来。事实上，主任暗中敲打过了：没落到警察手里，已经算便宜你了，乖乖离开得了！

我们当即狼狈不堪。糟糕的是给楼下阿婆知道。租房若不好好取得信用，就会受到怀疑。那一来，就不仅仅是糟糕的问题，而且是危险的。因此，我决定无论如何先付房租。可付完房租，只剩两三元了。两三元马上转眼就光。笠原天天出去找工作，我也必须一天平均出去四回。以前乘车的地方现在步行。这样，一个联络前后要花三四十分钟，有的

地方来回要花两个小时，效率急转直下。我说发起"基金捐款"，每见一位同志就讨五分钱、一角钱。这么着，我苦笑道，须山的"神田伯山"也要没了。须山和伊藤为我担心。两人说自己过的是合法生活，没钱也不至于致命，再说从谁那里都能借来，于是从工钱里拿出五角或一元给我。我想这样的钱得小心使用，就用于外出活动的交通费，把饭钱节省下来。茄子便宜，五分钱能买二三十条。就让楼下阿婆塞到稻糠做的大酱里，早午晚一天三顿茄子。连吃三天，身体马上受不了了，一上楼就气喘吁吁，出汗不止。

尽管又饿又累，但老吃同样的东西，食欲怎么也上不来。最后，把热水浇在饭上，紧紧闭上眼睛，"哗哗啦啦"拨进嘴里。即使这样，有饭的时候还算好的。当夜里有三次联络却又因为没钱而不得不走路的时候，以及从早到现在只吃一顿饭的时候，觉得实在窝囊透顶。一次我指望见到那位同志总会有面包吃个够，不料彻底落空。那位同志显得很不好意思，提议接下去见的 M 有可

能出面包钱，一起去看看。我和 M 相识，忍无可忍的我决定一试。这样我才捞到面包和奶油。M 笑道："为吃一片面包，一个大男人跑到这儿来，要是被逮住，可就赔大了！"我说："前提是给我面包！"说完笑了。笑罢心想，长此以往可绝不是好事。要想彻底沉下心长期活动而不被捕，这么勉强自己和着急是不成的。

我决定采取最后手段。那天回来后我鼓起勇气，对笠原说当咖啡馆女招待如何。近来她因每天外出找工作，累了，情绪不好。听得我的话，她突然转过身来，随即现出阴暗、厌恶的神色。我到底把眼睛从她身上移开，但她死死沉默不语，我也只好沉默。

"你是说为了你的活动吧？……"

笠原没看我，反而用沉静的语声说。而后没等我回答，陡然高声叫道：

"妓女也当！"

笠原由于总不想跟我一起活动，所以只能认为所做的一切都是为我牺牲。若说牺牲，作为我几

乎牺牲整个人生。同须山、伊藤他们碰头后回走之际，我甚至感慨：他们是回归普通世界的普通自由生活，而我必须照样回到丝毫麻痹不得、放松不得的生活。一旦被捕，等待自己的就是四年五年的牢狱。但是，虽说是牺牲，而同几百万劳工和贫农在每天生活中做出的牺牲相比，那也不值一提。这点我是从二十几年间作为底层百姓苦苦挣扎过来的父母生活中真切体验出来的。因此我认为，为了将几百万人从大牺牲解放出来，自己的牺牲也是必不可免的牺牲。

可是，笠原还是未能痛切地明白这点，更糟的是认为一切都是为我做牺牲："你是了不起的人，我这样的傻瓜理所当然做牺牲！"但是，不言而喻，我是不具有任何个人生活的"我"，那么为我做牺牲意味什么呢？我是组织的一分子，有义务保护组织，将我们的工作、即解放整个无产阶级的工作坚决进行到底。在这个意义上，我必须把我看得再贵重不过。我既不是因为我了不起，又不是因为我是英雄。而只知道个人生活的笠原，只能以个人尺度

理解别人。

　　我把这些好好跟笠原讲了，她默默听着。那天她早早睡了，始终没说什么。

七

夜里，我为《面罩》写了稿，整理了提交给地方"组织"的报告，看了送报方面转来的、多少有些推迟的小册子和资料，忙到很晚，结果睡到第二天早上十点。我对楼下有谁来访这点，敏感得连自己都吃惊。我好像因此惊醒过来。抬头一看，到底是巡警，来查户口。我为了这种时候不被拉出，早就写好原籍和姓名交给了阿婆。巡警不厌其烦地细细盘问。对阿婆一家，也简直像调查罪犯一样问来问去。我预感情况有些蹊跷，一边侧耳细听，一边把装有文件的箱子锁了，开始悄悄换衣服。"房客呢？"巡警问。"啊，有的。"阿婆似乎折回客厅，递出我写的纸片。"这上面没写以前住的地方，是吧？""夫妇？""什么时候登记的？还是没有登记？不清楚的嘛！"阿婆说着什么。"丈夫有工作

吗？""现在在吗？"我想坏了。随即听得阿婆说"现在出去了"。我舒了口气。同时心想好在倾囊付了房租。"那，往下要问详细些，记住了？"说到这里，巡警像要回去了。我暗自庆幸，重新坐在被褥上。这时，响起巡警边开门边说话的声音："近来赤色分子常租房子，要小心才是……"我心头一抖。阿婆"哦？"一声反问。巡警似乎讲了两三句。想必阿婆不晓得赤色分子是什么。

我感觉这种调查方式有非同小可的东西。那天联络完往回走时，相邻一条街上巡警拿着户籍簿走进一家小店。不料，从那里前行不出百米，尽管是同一条街，这回却有两个巡警手拿户籍簿从小巷出来。见到 S 时，我说了早上来查户籍的事。他说好像全城正在像过梳子似的调查外来人口租房情况，要我一定小心。这种郑重其事的调查方式已让我感觉到了这点。

那帮家伙左一遍右一遍说党已经毁灭了、连根铲除了，并且在他们自己办的大报上大张旗鼓地宣传，让一无所知的劳工信以为真，想方设法将党的

影响从大众中剔除干净。然而，那么大张旗鼓地宣传没过多久，党又到处活动开来。那是无论怎么蒙骗也蒙骗不了的。尤其在这战争期间面对"五·一"和八月一日"国际反战日"等大规模募捐活动时，那帮家伙一定千方百计对付我党的力量，必欲根除而后快。为此他们正在全力动用他们拥有的所有国家权力。虽然口头上傲视和散布流言蜚语贬低我党，但事实截然相反，证明我党是那帮家伙最大的敌人。据悉外国有报道说日本的党是小而英勇善战的党（同须山的"神田伯山"不同，S对这方面的事了如指掌）。S这么讲给我时，表示"这小而英勇善战的党"是同一国的国家权力对等的。不，是有过之而无不及的一大势力。为了将这"小而英勇善战的党"斩草除根，那些个头大几百万倍的家伙正气势汹汹扑来。因此，作为我们每一个人虽然很小，但必须以这样的自负奋斗下去。"这是何等辉煌的自负！"他说。当时我们真可谓喜不自胜。为了将这自负贯彻到底，绝不能被那帮家伙逮住！

在这种情况下，住处再危险不过。我、须山和

225

伊藤打算以"五·一"为目标搞一下仓田工业。伴随着六百临时工的解雇,只要我们不出差错,那么是有足够的可能性的。假如现在被捕,那将完全成为阶级背叛。听说 S 近来睡觉时在枕边备有粗重的手杖和拖鞋。我意识到了这点,就在路上买了一双,以便把拖鞋放在迟迟没放拖鞋的晾衣台上。

见到须山,得知"剿赤"并不仅仅来自外部。去联络时,须山脸上缠满绷带,拖着腿从对面走来。我听了一惊。"挨打了!"须山说。他时不时从绷带上面按一下脸。虽然伤口疼得不知如何是好,但因为时期特殊,中断联络不好办,就勉强赶来了。我们不再在外面走动,进了"豆汤屋"。

厂方说光靠外面的警察效果不大,就把清川、热田的"僚友会"和在乡军人的青年团引了进来,准备从内部进行"剿赤"。不料被《面罩》和传单揭露出来,以致变得气急败坏。而另一方面,两三天前工厂里开始募集那种"慰问金"。迟了一步的仓田工业所以募集,目的也还是为了以此融合厂内气氛,让所谓"赤色"没有渗透的余地。"忠君爱国"

也好什么也好，如果不能带来利益，他们是不屑一顾的。向厂方就此献策的，似乎是在降落伞车间殴打那手拿《面罩》女工的"身穿职工服"的在乡军人青年团。

须山考虑抓住这个问题，切断"僚友会"的清川、热田同劳工大众的联系。伊藤也赞成。有必要在大家面前讲清楚：工农大众党口称是全心全意为了劳动者的党，是全心全意反对帝国主义战争的，但实际上根本并不是"为了劳动者的党"，反对帝国主义战争也只停留在表面上。须山和伊藤作为一般成员加入了"僚友会"。无产阶级为了揭穿资产阶级所有欺骗性政策的本质，为了将反战这一艰难事业推向前去，必须同"僚友会"那种做表面文章的同伙——右翼机会主义者战斗下去。须山找到清川，提议就慰问金问题开定期全体会议如何。与此同时，决定通过伊藤的同伴和自己的同伴，将慰问金募集问题扩展到一般大众层面。

来到全体会议会场一看，吃惊的是，青年团的职工也来了。我们之所以看重"僚友会"，是因为

那里边临时工寥寥无几，而以正式工居多。伊藤和须山争取的同伴只有一两人。虽然一直强调争取正式工的重要性，但由于困难重重，成绩始终上不去。除去两三个人，"僚友会"也是出于模模糊糊的想法参加的——若在那些人面前表明是清川对还是须山对，他们大有可能过来我们这边。

虽然战争开始已有半年了，但"僚友会"只开了一两次会，即使其同伙里边也嘟嘟囔囔有所抱怨。须山首先当众这样提起话题：在这么多工人农民被拉去战场，日常生活也被迫如此"强行军"的时候，"僚友会"居然一次像样的会也没开，这是阶级性背叛。五六个人说"没有异议"。但这么说完之后，接下去便扭扭捏捏了。我和须山都有在反动工会"策反"的经验，完全清楚这说罢"没有异议"而扭扭捏捏是怎么回事。这么着，我笑了，须山也笑了。他口称"痛啊痛啊"而从绷带上边捂住脸——模仿别人特征是他的拿手好戏。

谈到慰问金时，清川发言了：去"满洲国"的士兵都是工人农民，是我们的同伴。所以，作为无

产阶级连带之心捐送慰问金是顺理成章的。大家一边摩擦自己的指甲，一边默默听着。我们的同志在工厂时受资本家剥削，上了战场成为敌弹的牺牲品，但保护我们同志的只有我们自己。因此，我们对募集慰问金表示响应——对清川这个说法，大家这回都一本正经地点头。

一看，伊藤困惑似的蹙起眉头，开口道：

"真是那样的吗？"

僚友有十四五名女工，但参加会的只有两人。加上伊藤劝诱的，来了五六个人。作为"僚友会"是件稀罕事。而女工在"僚友会"上发言过去从未有过，大家一下子看着伊藤。

"听清川君讲话，倒是郑重其事，但总觉得有些像陆军大臣的训导……"

大家哄堂大笑。

"清川君也好谁也好，谁都一清二楚这场战争不是为了我们，归终还是为了资本家打的。假如是为了我们职工、失业者和贫苦百姓，那么不用说，即使卖衣卖裤也要把所有的钱作为慰问金捐出。可

是情况并非如此。"

伊藤说到这里，青年团的职工突然插话干扰，于是须山介入。他原封不动地引用清川的话说道："我们工人在工厂时受剥削，事情一完资本家就把我们随意抛到街头。而战争起来，又被最先拉走。哪种场合都是为资本家牺牲。所以，如果出慰问金，应该是那帮家伙出才对！"

这么一说，大家的表情又似乎在说言之有理。

"为了让我们出慰问金，那帮家伙采取的手段就是叫我们深信战争不是为了他们自己打的，而是为了全体国民打的。"

这时，伊藤接在须山后面说了"赤色慰问袋"的事，说了开战后自己的生活也一点儿没变好等等。这样一来，清川他们就招架不住了。清川在众人面前丢了"僚友会老大"的体面。青年团职工也无济于事。问题是，这种社会的法西斯本来面目不是当众演示出来，而是在背后动真格的。所以，若认为这下子顺利得手，那可就大错特错。

开完会回来路上，青年团两三个家伙喝道：

230

"你是老虎啊！过来一下！"

进入小巷后猛然扑上来拳脚相加。

"三个人，我也只好逃之夭夭！"须山笑道。

须山当即通过伊藤把这种卑鄙行径告诉昨天聚会的"僚友会"成员，以表明哪一方正确。

见须山一小时后见了伊藤，她高兴地说情况还好——大家兴致勃勃地听她讲了慰问金为什么引起了对殴，讲对殴当中得以讲了慰问金的真相。本来担心没办法让大家充分理解慰问金的事，但在讲道理之前提起做工的艰辛，而若工钱也被拿走，那可真是没有活路了。这么一说，募捐意外不了了之。工厂里边，须山被殴打后信用迅速升高。对这种事情，职工是马上心怀感激的。另一方面，须山给工头盯上了，弄不好要出危险。伊藤说。

"这次慰问金募集安排，像是厂方为了在职工当中找出赤色分子而特意搞的？"

我说确实如此。

她接道：

"有点儿上当了……"

我觉得这不大像平时的伊藤说的话。

"不然！"我说，"另一方面，我们在几十名职工面前显示了谁是正确的。同时在'僚友会'中造成了我们的影响。如果不放任自流而从组织上扶持起来，那就能取得非常了不起的成果。一点牺牲也没有是做不成事的。这些在最后关键时刻肯定起作用。"

伊藤马上红了脸，连说："明白了！明白了！明白了！"

说罢，用她那特有的沉思眼神点了好几下头。

我开玩笑说：

"笑到最后的人是真正笑的人，所以才暂时让须山愁眉不展！"

伊藤也笑了。

接下去她讲了把自己那个小团体领去筑地小剧场看剧的事。说起剧，哪个女工都只知道歌舞伎（自己也没看过）或水谷八重子①，而这回看的剧中却

——————————————

① 水谷八重子：1905—1979，日本新剧派最主要的女演员。

有工人啦、女工啦出来"撒欢儿",看上去吃惊不小。看罢,大家说那不是演剧。伊藤问那么是什么呢?"那是真事!"又问可有意思?大家答道:"这——"不过看起来实在太吃惊了,事后也时常说起筑地那场剧。一个总是跟着伊藤的小个头阿君对伊藤这样说道:

"给人说是女工,我非常不好意思。可是,那场剧里一口一个女工的吧?以为胡诌来着。"但她又边想边说,"要是闹罢工,我一定显显威风。不过给左邻右舍说是女工,到底抬不起头来啊!"

问大家要不要找时间再去一次,大多数都说去。理由是那场剧有和咱们这儿(指自己所在的工厂)的工头相似的家伙被狠狠惩罚的地方。

伊藤若无其事地提议:反正我们要被砍掉,既然老老实实也拿不到补贴,那么就像剧里那样抱成一团闹罢工,把工头狠狠收拾一顿怎么样?大家笑嘻嘻地"唔"一声,随即互相看着说:"真那样一定有意思!"说完叽叽喳喳议论了一会怎么收拾。一听,原来不知不觉说起了和筑地那场剧中相似的

233

收拾办法。

在伊藤的影响下，"僚友会"有三四个女工加入到以往的同伴中来。她们多少呼吸了工会舒张活跃的空气，把伊藤她们平时有意不太说的话满不在乎地说出口来。这使她们和同伴之间多少有了隔阂。不仅如此，那些女工身上有"老成"的地方，表现出对"运动"了然于心的态度。为了糅合其间的翘弯，伊藤找了各种各样的机会。"没办法像小说那样水到渠成。"伊藤笑道。

我们确定了"一起坐"的日期，场所由伊藤物色。很快就要制定最后的对策了。

"你还是茄子？"伊藤起身问我。

"啊，"我笑着说，"托茄子的福，膝头合叶松动了！"

伊藤轻轻把手插进衣带，掏出折成四折的小纸片。我以为是报告，看了她一眼，揣进衣袋。

回到住处掏出一看：薄纸里包的是五元钞票。

八

笠原进了一家小酒吧。一旦决定了，到底让人不忍。从事运动的人为了生活有保证而进酒吧，不管怎么说都是可怕的事。哪怕自己再能把持住，也还是眼看着变得不行。对我们来说，"氛围"那东西，其宝贵程度同之于鱼的水毫无区别。女同志为了自己一个人也好，由于男女一起活动而为了避免一同坐以待毙而进酒吧也好，结果都是同样。但就笠原而言，甚至那方面的训练都没有受过，身体很快朝低下方向倾斜下去，这点一清二楚。问题是，既然不具有终生从事运动的气魄，并且已然来到无论如何都必须保护我的组织性活动的最后关头，那么一味感伤也是不成的。

起初笠原从住处去那里。工作辛苦，不习惯，又要干到深更半夜，每天回来都累得一脸苦相。手

袋一扔就往那里一歪，连说话都好像吃力。过了一会儿，她默默把腿伸到我眼前。

"——？"

我看着笠原的脸，摸了摸她的腿。膝头、踝骨肿得看不出原样了。她在榻榻米上试着弯曲。结果，膝头的筋肉"咔咔"发出轻微的声音。那是让人不快的动静。

"站了整整一天，够受的啊！"我说。

我讲了一次从伊藤那里听得的纺织厂的事。腿站肿了，摇摇晃晃，怎么也跟不上机器，一边被皮鞋从后面踢着一边劳作。我对笠原说，不要把那种工作的艰辛看成自己一个人的艰辛、看成唯独自己无法从中逃脱的艰辛，而要直接看成整个无产阶级被紧紧束缚的艰辛。笠原听了，说道：

"的确！"

我久违地把笠原小巧的身体抱在怀里。她闭起眼睛，就那样一动不动。

后来笠原住进了酒吧。老板是女的，大概是谁的情妇。一个女的毕竟胆小，就说在那里吃饭也

出同样的工钱，希望她留宿。女老板是从高等师范或女子大学毕业的，英语很好，交往的男人不止一个，好像有三四个。她轮流住在哪里，早上返回。有大学教授、有名的小说家和电影演员——一回来就一一细讲，甚至不该讲的地方也不放过，还加以比较，听得笠原很尴尬。女老板睡到下午两三点。我早上起来没东西吃的时候就跑去酒吧。早上几乎没有客人，装作笠原吃饭的样子升火煮饭，填满肚子。一开始笠原不高兴，但最后说道："这点事儿，理所当然！"酒吧厨房窄小，零乱不堪，湿漉漉的。我蹲在那里狼吞虎咽。

"好形象！"

笠原一边留意二楼，一边看着我低声笑道。

可是，笠原的"氛围"糟得不得了。一来女老板的生活是那个样子，二来有女人的酒吧里，客人都不会喝完就回去，往往和女人东拉西扯，必须一一应和。我知道，这些对笠原的心境有渗透力。我对笠原并没有全部放弃，有机会就送好多书过去，尽可能这个那个和她说话。不过，她比过去更显得

百无聊赖了，不再深入思考问题。

　　但我又不能就那么陪着笠原。繁忙的活动拖曳着我。随着仓田工业形势日益紧迫，去笠原那里只限于要交通费时、吃饭时，我几乎不再同她说话了。注意到时，笠原不时现出凄然的神情，但我反正由于笠原的帮助而得以顺利进行日常活动。在这个意义上，即使她也在支撑工作的重要一翼。我把这点对笠原说了，告诉她需要有明确的自觉，不要自暴自弃。

　　渐渐地，连去拿交通费和找饭吃的时间也没有了。去那家酒吧次数越来越少，由三天一次而一周一次，进而十天一次。"地方""地区"，还有"工厂支部"的工作，相互重合，有时一天甚至要联络十二三次。那种时候要早上九点出门，一直忙到晚上十点。回到住处，脖梗硬得像一根棍，头一跳一跳地痛。我好不容易爬上楼梯，就势趴在榻榻米上不动。这段时间，我无论如何都不能全身放松地仰脸睡觉了。极度疲劳使得身体哪里好像出了毛病，只能像弱小的孩子那样当即趴倒。我想起来了，父

亲在秋田当农民的时候，从田里回来，时常就那样穿着满是泥巴的草鞋趴在门口午睡。父亲身体用得太狠了。由于地租过于苛刻，村里的人谁也不着手的满是石子的"野地"，他也精耕细作，以便从那里多少收获一点粮食来贴补生活。父亲因此彻底累坏了心脏。我在非得趴着才能睡着的时候，觉得自己越来越像父亲了。然而父亲没有抗议地主让他们减轻地租，而只是想通过不顾损坏自己身体的劳作从中挣脱出来。那倒是二十多年前的事了。但我不同。同唯一的至亲母亲也断绝了关系，妹妹、弟弟也找不到我了。如今就连同笠原的生活也形同牺牲。不仅如此，甚至自己的身体在开始坏掉——这些不是为了地主和资本家更加卖命，恰恰相反！

　　我半点儿个人生活也没有剩下。如今，就连一个个季节也只能是为党生活的一部分。四季花草也好，蓝天也好，风雨也好，在我眼里仅是各自独立的东西。下雨我就欢喜。因为出门联络要打伞行走，很少给别人看见自己的脸。我盼望夏天快快过去。这倒不是因为我讨厌夏天，而是因为夏天来了衣服

239

就变薄了，我那有特征的体形（这样的玩意儿喂狗好了！）一看便知。而若冬天早早到来，我就想道：好，寿命又可延长一年搞活动了！只是，东京的冬天过于明朗，让人不便。不过，这并不是说进入这样的生活之后我对季节变得麻木不仁，莫如说以过去始料未及的方式变得极为敏感了。这和前年在监狱时对四季的更迭格外敏感明显不同。

这些都是不觉之间形成的，是置身其间的生活悄悄促成的。本来，在被警察追查之前，即使为无产阶级解放投入全副身心，我也还是拥有很多"自己的"生活的。不时和工厂中同一工会的一伙人（这个工会是社民党系统的反动工会，我在里边作为反对派从事活动）说着闲话，在新宿或浅草一带逛来逛去。虽说受到工厂支部严格政治生活的限制，但合法生活自然伴随的"交际"啦、看电影啦（这么说来，最近我连存在电影这回事都忘个精光！）、吃喝啦等等占据了我生活的不少部分。由于这样生活而把作为支部的活动拖延一两天的时候也是有的。此外，在追求一己名誉之心的悄然作用下，当

能够提高个人名誉的活动同支部活动相冲突的时候，前者终于占了上风的场合也不止一次。这点在日后的活动中当然有所变化。尽管这样，也不能说我过的是作为党员的"二十四小时政治生活"。然而那并非全是我个人的罪过。不伴随一定生活的人的意识性努力是有限度的。切断所有个人关系，限制所有不属于党员生活的个人欲望——置身于这样的生活之后，我惊愕地得知我曾一再努力清算的无比困难的那些生活方式，实行起来是多么容易和必然。可以说，过去一两年的努力缩短为两三个月。尽管这种新的生活起初让我感觉到类似小时候比试谁潜水时间最长那种难以忍受的、无可名状的窒息般的痛苦……但我当然还没经受真正困难的锻炼。针对我的"二十四小时政治生活"，和须山不同的喜欢剪报的 S 说必须把自己锻炼成为"连干二十八小时也不知疲倦的类型"。

一天干二十八小时的干法最初我不大明白，但一天开始联系十二三次之后，我领悟了其中的含义。个人生活同时也是阶级生活那样的生活——但愿我

多少与之拉近距离。

　　仓田工业厂区，可能将若干临时工转为正式工的传闻在做最后冲刺。我决定为此改组支部。将须山小组（影响下）的一人（年轻正式工）和伊藤小组的两人（一个正式工，一个临时工），这三个人推荐给支部,取了"履历"。我把履历带给"组织"，得到了承认，进而让各个支部明确分担车间里的责任。安排在须山和伊藤出现万一的情况下，剩下的人能马上执行新定部署，以使活动一天也不中断。如果须山和伊藤出什么事，在厂里会立即得知，为此决定新支部成员届时赶来须山和我用的联络场所。我们的碰头会即是斗争的司令部。所以，无论发生什么都不能中断联络，都必须在争分夺秒之际拿出对策和方针，否则即是阶级性背叛。由于有人被捕而联络中断，以致斗争受挫——过去这种套路是立足于就好像我们一开始就不会受到镇压或完全始料未及这样的败北性认识之上的。可能有人被捕是再明白不过的事。因此，我们必须从一开始就准备好第二套、第三套方案，将斗争推向前去。

事实上，自从在"僚友会"交战以来，须山处境就已岌岌可危。须山每天去工厂都作好今天被捕或明天被捕的思想准备。因是工厂，做工当中仅仅是让"过来一下"，别无其他。但他出事出在组织受怀疑的可能性高涨之时，危险固然危险，却同时获得了可以在车间就某种程度的事情公然发言的自由，大家的信用也随之形成。

月末临近了。厂方大概这个三十日或三十一日搞解雇。口说转为正式工，但由于全然没有具体化，大家终于开始投以疑问。《面罩》写道这是个骗术，目的在于一方面提高劳动效率，另一方面压制众人的反抗。意思很快得到了理解。临时工是重点，解雇名单公布后，凝聚力势必下降，必须在两三天内作出决定。

我们一直通过传单和报纸呼吁必须反战。一旦他们因解雇问题奋起反战，那么就要以"神话般的速度"——这倒不是列宁的说法——告以为什么非反战不可。毕竟是制造武器的工厂，可以进行意识明确的斗争——为此必须先动起来。

我下定了最后的决心。

决定由须山影响下的成员、新支部党员发动各个车间一齐进行"反解雇"集会。为了确保成功，让须山在工厂中公开散发传单。伊藤的"豆汤屋小组"里有个女工的哥哥是仓田工业的职员。从那个女工口中得知，不是三十一日（故意让人们以为是三十一日）而是提前在二十九日一举解雇。届时不但警察，军队也可能出动。因此，无论如何要在二十八日举行罢工示威，先下手为强。

问题是，须山似乎有近日被捕的危险性。伊藤报告说，见到便衣警察从办公室出去一两次，并且常在须山所在的第二车间的门口同工头站着说话。那是十二日的事。太田被捕之后，党的传单进来两次，《面罩》也进来两次。对方盯上须山这点早已无可怀疑。况且，提起"共产党"，都以为并使之以为那是在无由得知的"天上"或"地下"出没的神人或妖魔。而实际上是像须山那样受到大家信任的、在自己身旁并肩做工的人——这点有必要显示出来，引起大家的亲近和信赖。我让须山公开散发

党的传单的决定，便是由此而来。为了斗争到底，纵然没了须山，任务也要由其他人承担。光靠阴谋诡计是搞不成大众性动员的。而必须让看不见的组织如蜘蛛网一样伸展开去，在其中公开鼓动。

我们决定来一次碰头会以制定最后对策。这一方案将在会上提出和决定。但是，考虑到须山，我的心到底收紧了。一旦散发党的传单，那么就必要作好被判刑两三年到四五年——这同斗争经历有关——的精神准备。若是平时，只要出门一步，我就判若两人，中止一切空想和思考，边走边注意四周（这已相当习惯了）。而那天稍一走神，就马上考虑须山。但是，只停留在须山身上是不可取的。作为须山，只要认清我们自身所处的形势，也应该能视之为一种必然、一种必不可少的举措。那里面没有任何其他路或绕行路可走。并且，假如那是为了无产阶级的解放而死活必须经过的路，我们不可能从中产生除此以外的念头。例如认为做这样的事是不是"残酷"啦，是不是"让人不胜同情"啦等等。

可是，在去碰头场所的路上，脑海中浮现出须

245

山那张用莫名其妙的剪报逗我们发笑的面庞，弄得我不知所措。

地点在用过三次的须山往日的玩伴儿（吃喝朋友）的家里。在看不见脚下的门口裸土地面脱下拖鞋，揣在怀里上到二楼。一道光线斜射下来，照出须山的脸。

伊藤靠墙歪坐着，伸出腿，自己揉着。见我过去，撩起两鬓梳不拢的头发，从下面瞥了我一眼。我说："上次！"她没有应答。搞工厂运动，无论如何都要涂脂抹粉。但参加支部碰头会时，伊藤一次也不曾那样，再说也没必要。不料这回一看，伊藤从没这么漂亮过。

"伊藤同志刚刚争取一个男正式工回来……"须山当即开起玩笑，指着伊藤的脸说。

这种时候的伊藤总是沉默不语。但不知为什么，此时看了看我。

会议开始后，我特别注意听了须山关于平时活动的报告。他说他按照上次支部会议的决定，安排各个车间举行集会。但看工厂的情形，这两三天像

是关键时刻，必须为此紧急做点什么。

伊藤补充说："上次向我报告的解雇，表面上似乎定在三十一日，而实际上大概是二十九日；从降落伞和面罩的定货量来计算，恰恰两相一致，为此至少应该在迫在眉睫的二十八日进行决定性斗争。"

见解一致。所以问题是以怎样的形式开展决定性斗争。须山想了想说：

"已经准备到了这个程度，大家也斗志正旺。下面要做的，就是鼓动大众来个一气呵成。"略一停顿，他接着说，"胜负恐怕就取决于这一气是一气还是两气……"

"对。往下需要一个点火的——为了八百人！"伊藤脸上罕见地现出兴奋的神色。

"我嘛，最近、其实主要是这两三天有点焦急。过去是在以种种方式清算福本主义①时代的宗派活动当中做过来的，影响仍在。现在没有将工厂里的

---

① 福本主义：福本和夫（1894—1983），日本社会活动家，曾任日本共产党中央委员。1928年因"三·一五事件"被捕入狱14年。

斗争一举进行到底,原因想必还是要从那里找……"
须山看着我的脸说道。"我想,要是没有一个人在
大家前面公开行动,斗争就无从谈起。因为那是由
量到质的转变。我认为那并非极左,你们说呢?"

须山仿佛在说有人说那是"极左",往那里用
力强调。

作为我,不想以"独断"、而必须以"理解"
推进斗争。因此我默不作声,只是注意将问题引往
正确方向。也巧,到底朝正确方向发展了。特别是
伊藤和须山,两人不是从理论上考虑活动方式,而
是从每时每刻工厂动向的对策这点出发,并在正确
地方相互吻合。这是不脱离工人生活所使然——我
们在此取得了理论与实践的微妙统一。

我对须山说,把那个说成极左,那只能是怯懦
的右翼机会主义者为了粉饰其实践中的败北主义而
攻击对方的说法。须山应道:"正是!"

于是我提出自己的方案。刹那间,窒息般的紧
张到来了。但那是极短的瞬间。

"我也认为是这样的……"须山以到底有些生

硬的语声最先打破沉默。

我看着须山。

"当然要由我做！"他说。

我点头。

伊藤身体变得硬硬的，只以眼睛看着我和须山。我一转向伊藤那边，她在口中低声说"没、有、异议"。

一看，须山自己也不知不觉把盘腿膝前的鸽牌空香烟盒一点点撕得粉碎。

定下后，出现短暂的岑寂。这样，一直没有注意到的街上行人接连不断的脚步声，一个劲儿叫嚷不止的通宵营业的店铺小贩的大嗓门陡然传来耳畔。

随后进入具体事项。厂方估计传单和工厂报纸《面罩》是通过女工之手带进来的，原因在于对女工的身体检查较为宽松，因而最近女工体检陡然严厉起来。于是决定：当天由伊藤负起全部责任，两条大腿穿上用橡皮筋紧紧勒住的衬裤，将传单塞入其中；早上从Ｓ手中拿到传单后就走进街头公共厕

249

所，把传单塞进衬裤。进厂后，定下固定时间，同样采取利用厕所交给须山的方法；传单午休时在天台上散发。

会开完后，迄今压抑的感情忽然涌满胸间。

"怕是漫长的分别啊！……"我对须山说。

"我的朋友中有这样的。"他说，"那是两个要好的朋友。一个因为'三·一五'①被判了三年，而另一个因为转年的'四·一六'②被判了四年。'三·一五'那个家伙出来后，去年十二月再次被捕，判了三年。那家伙本来兴奋地等待'四·一六'的家伙出来，于是入狱时说道：看来我和那家伙要永远这么出来进去见不到啦，不过这样也好！……"接着须山自己说了一句："这大概是我最后的剪报了？"

---

① 三·一五：三·一五事件，日本政府镇压日本共产党人的事件。1928 年 3 月 15 日，田中义一内阁以违反治安维持法名义逮捕共产党人和进步人士一千数百人。

② 四·一六：四·一六事件，1929 年 4 月 16 日田中内阁大量搜捕日本共产党人事件。

我和伊藤不由得笑出声来。但是，我的脸像要哭出来时那样僵硬。

"不管发生什么，只要这里的组织好好保存下来，斗争就能扎扎实实开展下去。至少你不要被捕。你要是被捕，我所做的也就白费了，我就白死了！"须山说。

我们按照今天的决定进行准备，二十六日夜再碰头一次。"那么……"我站起身来。这时我和须山尽管都没想那样做，但站在房间正中的我们，双方伸手紧紧握在一起。

倏然，须山像孩子似的腼腆地对我说道：

"怎么搞的，佐佐木，你的手好小啊！"

须山往外走时，想到今后再没机会了，便告诉我去了我家。"你的老母亲，每次见时，都觉得她好像渐渐变小了。"他说。

"……？"

我以为他要说别的什么。但"渐渐变小了"这句须山的话倏然在我心头一击。我从中仿佛清晰看见了因为担忧而日益憔悴的母亲那矮小的身影。却

又怪他这种时候不该说那种事。我轻描淡写应道"怕是那样的吧"，就此切断话头。

同须山分手后，伊藤说到下一个联络隔有三十分钟时间，就和我稍稍转了转。我们说二十六日为须山搞一个小型壮行会，由伊藤为此买糕点和水果什么的。

伊藤的特征是走路时像男人那样大步流星和微微晃肩。而此刻在我身边走起来，看上去一下一下迈着碎步，很有女人味儿。分别时叫我等一会儿，然后走进一家小店。片刻，拿着一个购物包出来。

"这个，给你的……"

说着，递给了我。我说这不好吧，可她硬塞到我手里。

"近来你的衬衫够脏的啊！那些人好像是往那里盯的哟！"

回到住处，我打开包。意识到时，原来我是在将伊藤和笠原加以比较。虽然同是女性，但我以前一次也没将伊藤同笠原比较着考虑过。而同

伊藤一比，我这才感觉到笠原在的地方离我有多么远。

　　我已经有十多天没去笠原那里了……

九

仓田工业厂区的天台上，每到午休时间，新建当中的第三车间的员工就上到那里，或者浑身洒满阳光东倒西歪，或者七嘴八舌说什么，或者奔跑嬉闹，或者打排球。这天，初夏的阳光反射在混凝土地面上，炫目耀眼。须山在自己周围安排了同伴，以便在紧急关头阻碍拘捕。

差十五分到一点时，须山忽然高喊着奋力往高处连抛传单。"坚决反对大量解雇！""用罢工反对！"……往下被众人的声音淹没了。红色和黄色的传单沐浴着阳光闪闪生辉。传单散开后，大家惊愕地站住不动，随即"哇——"一声朝传单散落的地方蜂拥而去。其中有几十人一本正经地拾起传单，分别高高地撒开。这么着，最初散落一处的传单，转眼之间就在六百员工头上扩展开来。在天台各处

站岗的守卫大概已经预料到这种情况的发生，拼命叫道："喂、喂，不许捡传单！"边叫边冲了进来。但搞不清是谁撒的。一眼看去，没有一个人不在撒传单。

无可奈何的守卫把守天台狭窄的出口，打算一个个放出来做"头部实验"。但那样一来，一个小时也无法上工。粗大的钢筋混凝土烟囱里响起上工号声时，人们手挽手朝狭窄的入口"嗨哟嗨哟"涌去。事已至此，守卫早已束手无策。伊藤一看，须山在人群中完全一副镇定自若的样子，"悠然"走了下去。

事后工头一个个问："知道是谁撒的？"尽管有人明知是须山撒的，但说的人一个也没有。青年团的傻瓜蛋们觉得丢人现眼，气呼呼的。这一天，须山所在的第二车间同伊藤所在的降落伞车间群情鼎沸，决定选代表同其他车间协商，向厂方抗议。

下工后须山和伊藤走在一起时，须山说："这种时候咱们哭一哭也是可以的吧？"说着，把帽子一会儿摘下一会儿戴上，一把把搓脸不止。

255

路上，须山左一遍右一遍反复说道："没想到会这样！""没想到会这样！大众的支持真是势不可挡啊！"

我为了听取撒传单的情况，当天很晚同伊藤取得联系。我根本没想到须山会一起来。当须山从伊藤身后进来时，我注意看了不止两三次。当我看明白那不折不扣是须山时，情不自禁地站起身来。

我听了详细情况。我也兴奋起来，模仿须山对伊藤说的那种说法："这种时候咱们喝一瓶啤酒也是可以的吧！"我们决定三人喝一瓶"麒麟"。

须山乐不可支，拿出平时的逗笑把戏，对伊藤说：

"那传单可是有一点儿味道的哟！"

我说了声："瞧你！"抓着须山的肩笑了。

但是，决定性斗争莫如说在于明日一战，我们进一步商量对策。

第二天早上，职工们一进厂，厂方就将两日份的工钱递给六百临时工中的四百人，在门口解雇了。警察来了十五六人，对那些领完工钱仍呆愣愣在那

里打转转的女工喝道:"好了,回去,回去!"把女工攥了回去。

付款口的旁边贴出一大张告示:"原定二十九日截止工作,结果提到今天。但厂方决意不给大家添麻烦,为此主动支付两日份的工钱,还请大家体贴厂方的苦心。另有新工作时,厂方承认大家录用的优先权,敬请记挂。"将二百名临时工留下来,其中也有他们的小算盘——打乱大家的步调。

须山和伊藤都在被解雇的名单中。在最后关头我们被占了先机。须山和伊藤垂头丧气,几乎让人目不忍视。我也同样。毕竟敌人也不是木偶。我们必须马上振作起来,吸取这次失败的教训,在逆转的形势面前不言放弃,使之有助于下一次斗争。

虽然被踢散了,但正式工中有两名成员留了下来。另外,被解雇的人固然为找各自的工作而变得七零八落,可是那里差不多有伊藤和须山小组的十个人。因此,只要今后也和他们保持联系,我们斗争的领域反而会迅速扩大。

那帮家伙势必以为先下手使得我们的活动一败

涂地。其实正是他们以自己的手将我们组织的种子传播开去,而这点他们是不知道的!

现在,我、须山和伊藤正以加倍的斗志从事新的活动……

(上篇完)

(一九三二.八.二十五)

作者附注:谨以此篇献给同志藏原惟人①。

---

① 藏原惟人:1902—1991,日本文艺评论家,无产阶级文学理论家。入狱亦坚持斗争。战后致力于民主主义文学运动。著有《艺术论》《小林多喜二和宫本百合子》等。